물의 소리

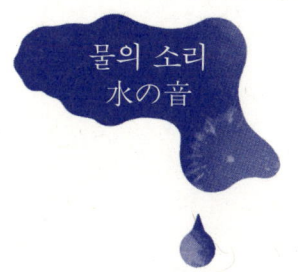

물의 소리
水の音

나가이 히데미

이홍이 옮김
이도희 그림

〈물의 소리〉 한국 공연은 극단 맨씨어터 제작으로
2025년 8월 29일부터 9월 28일까지 예그린씨어터에서 초연된다.
초연의 창작진 및 출연 배우는 다음과 같다.

작	나가이 히데미
번안	이홍이
연출	김광보
무대	박상봉
조명	김창기
음악	옴브레
분장	백지영
기획	조현지
조연출	진윤선

캐스트

아쓰시(이동호) 김민상, 박호산, 김주헌
후타(김기풍) 이승준, 이석준, 김남희
나쓰(최나연) 서정연, 우현주, 정운선

제작	극단 맨씨어터
후원	한국메세나협회, 한국문화예술위원회,
	이안디자인건축사무소
홍보	(주)나인스토리

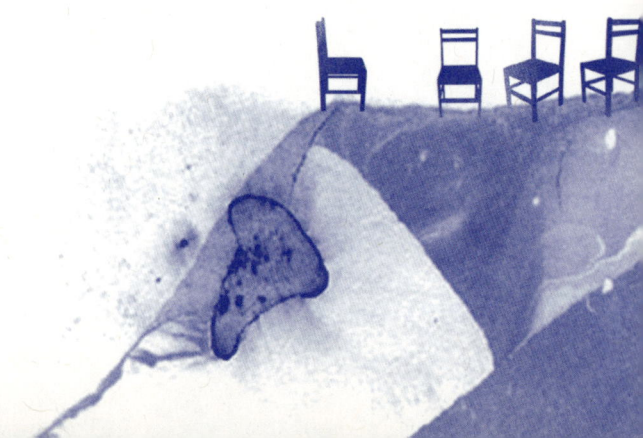

작가의 말

무대 위에는 네 개의 의자와 보면대, 그리고 컵 등의 소품이 놓인 작은 테이블이 있다. 속속 자리를 메우는 20~30대 젊은 관객들. 극단 맨씨어터의 〈물의 소리〉 낭독공연에 대한 기대와 열기가 극장 안으로 조용히 차올랐다. 잠시 후 조명이 꺼지자, 네 명의 배우가 등장하고, 보면대 위로 대본이 놓인다. 2024년 3월 23일, 한성아트홀, 서울. 한국어는 모르지만, 작가로서 분명 내 이름이 불리고 있었다.

초심자를 위한 단편 강좌에서 '희곡 쓰기' 공부를 시작한 것은 2009년이다. 내가 쓴 대사가 어딘가 무대 위에서 배우들에 의해 발화되는 기회를 얻는다니, 꿈만 같은 일이었다. 자신은 없었지만 2012년, 처음으로 쓴 장편희곡 〈물의 소리〉를 그 해 '일본의 극' 희곡상에 응모했고 최우수상을 받는 행운을 거머쥐었다. 이 희곡은 이듬해 3월, 도쿄 에비스 에코극장에서 단노 이쿠미(극단 민예) 연출, 쓰다 마스미(극단 청년좌) 외 출연으로 공연

5

되었다. 나는 총 6일간의 공연 동안 객석에서 전 회차를 관람했다. 내가 쓴 희곡이 도쿄의 무대에 오를 기회가 두 번 다시 오지 않을 수도 있기 때문이었다.

그때 관객 중에 한국의 연출가가 있었고, 그의 제안으로 이 희곡이 한국어로 번역되리라는 것은 상상도 못 한 채, 10여 년이 지났다.

2024년 2월, 서울의 한 극단으로부터 '〈물의 소리〉 낭독공연을 올리고 싶다'는 갑작스러운 연락을 받고 나는 속으로 '아아아아' 소리를 질렀다. 놀랍고도 기쁜 흥분, 뭐라 설명할 수 없는 신비한 인연이었다.

〈물의 소리〉는 도쿄 근교의 어느 카페에서, 지방 출신의 50세 남녀 세 명이 오랜만에 만나 이야기를 나누는 대화극이다. 2장, 3장으로 나아갈수록 서울의 관객들이 연극의 세계로 빠져드는 것이 부쩍 느껴졌다. 공연이 끝나자 들려오는 커다란 박수 소리. 객석의 박수는 나의 고향인 시코쿠 세토우치의 사투리로 쓰인 대사의 말맛을 한국어로 잘 살린 번역과 그 세계관을 소중히 무대로 옮긴 배우들, 연출가, 그리고 모든 스태프를 위한 것이었다.

그 박수 소리가 올가을 공연으로 이어져, 한 번 더 내 발걸음을 서울로 재촉하고 있다. 한국의 관객들과 함께 무대를 즐길 날이 너무나 기다려진다.

〈물의 소리〉 도쿄 초연 이후, 도쿄에서 세 작품, 간사이에서 한 작품을 공연해, 스스로 극작가라고 자부할 수 있게 되었다. 하지만 여전히 내가 쓴 희곡의 장점보다는 부족함에 더 신경 쓰인다. 〈물의 소리〉도 다시 읽어보니 미숙한 표현이 눈에 들어오지만 이 희곡을 선택한 김광보 연출가의 눈을 믿고 신뢰한다.

작년 봄 서울에서의 낭독공연, 그리고 올가을 공연을 만든 번역가, 연출가, 배우들과 극장의 모든 스태프께 감사하다. 그리고 이 책을 출판한 알마출판사, 무엇보다 〈물의 소리〉 공연을 보고, 희곡을 읽는 모든 분께 깊은 감사의 말씀을 전한다.

여러분께 〈물의 소리〉와의 만남이 좋은 기억으로 남기 바란다. 만약 좋은 기억이 된다면, 그것은 관객들과 독자 여러분 그리고 앞서 언급한 모든 분 덕분이다.

2025년 여름, 무더운 교토에서
나가이 히데미

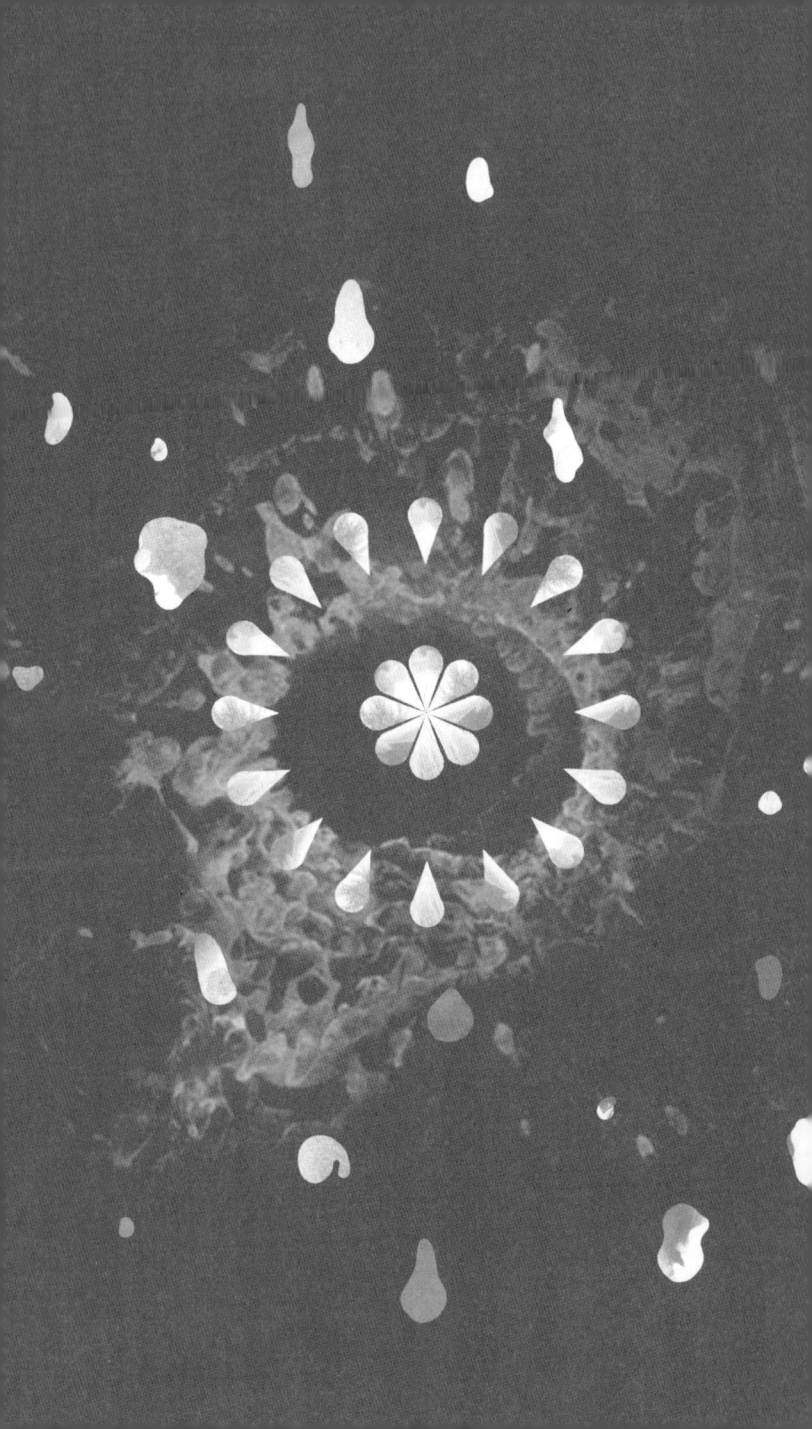

차례

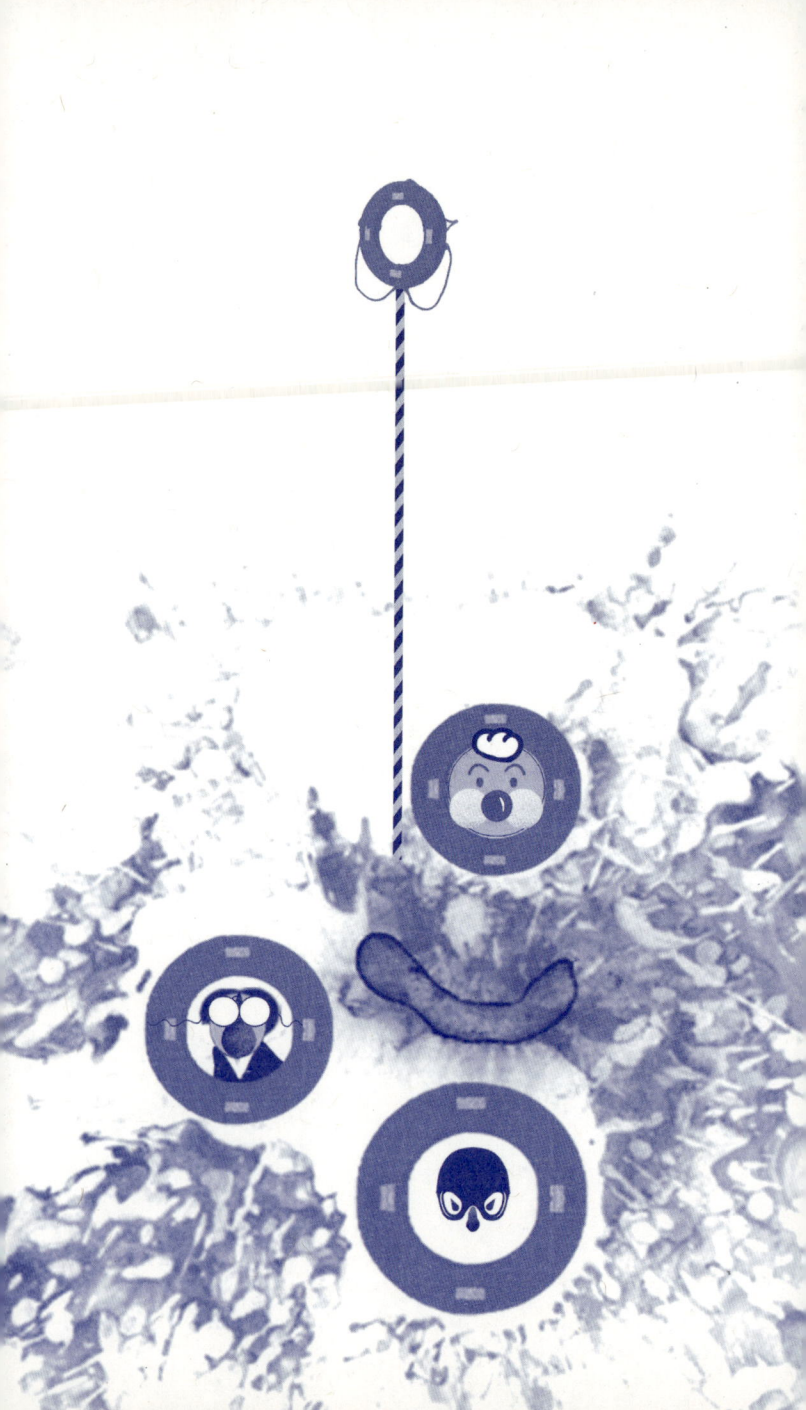

등장인물

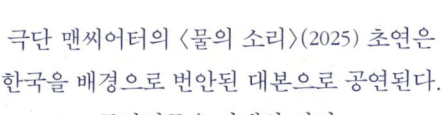

극단 맨씨어터의 〈물의 소리〉(2025) 초연은
한국을 배경으로 번안된 대본으로 공연된다.
등장인물은 아래와 같다.

무네우치 아쓰시 / 50세, 남 / ↱ 이동호
나미키 후타 / 50세, 남 / ↱ 김기풍
다지마 나쓰 / 50세, 여 / ↱ 최나연

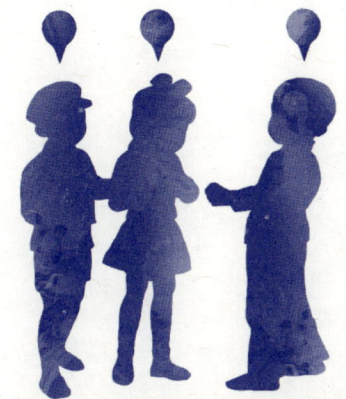

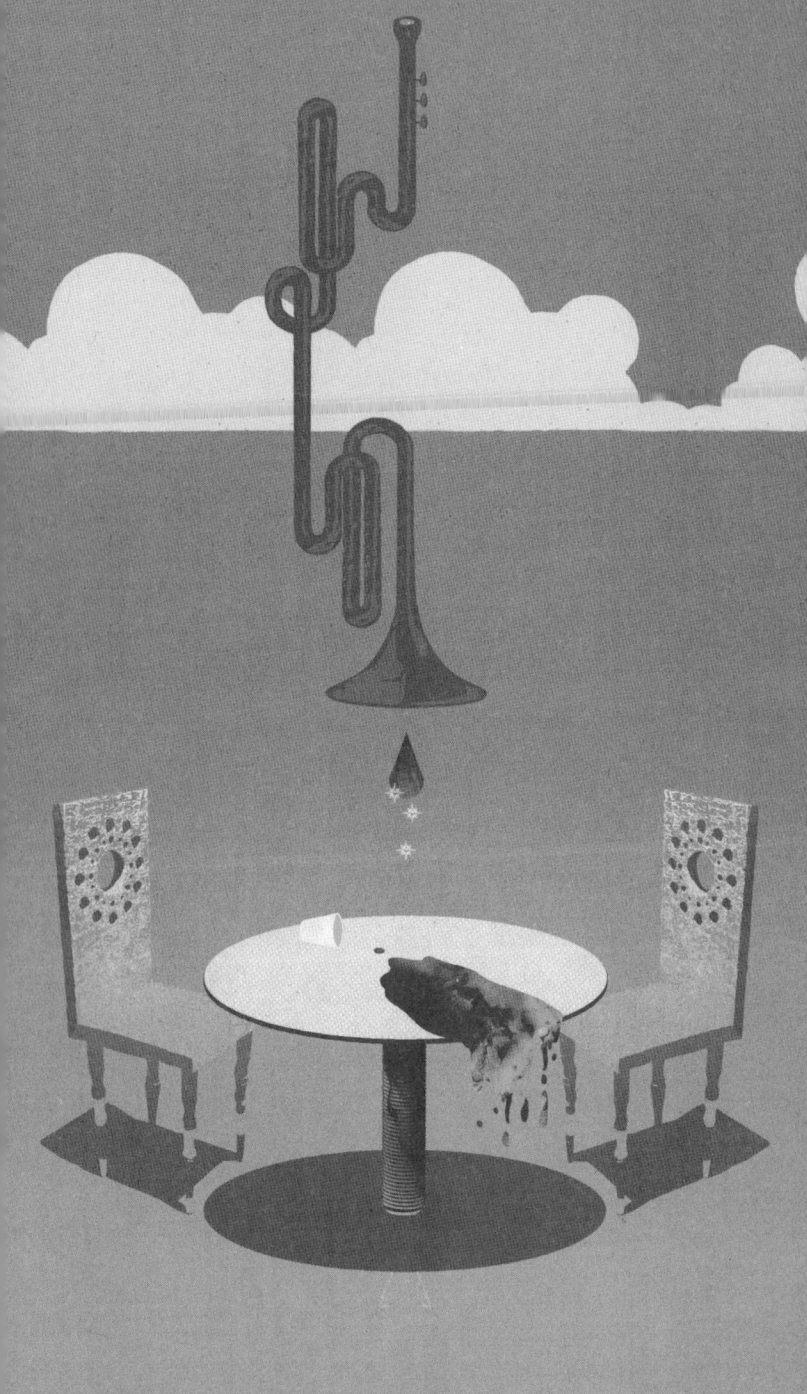

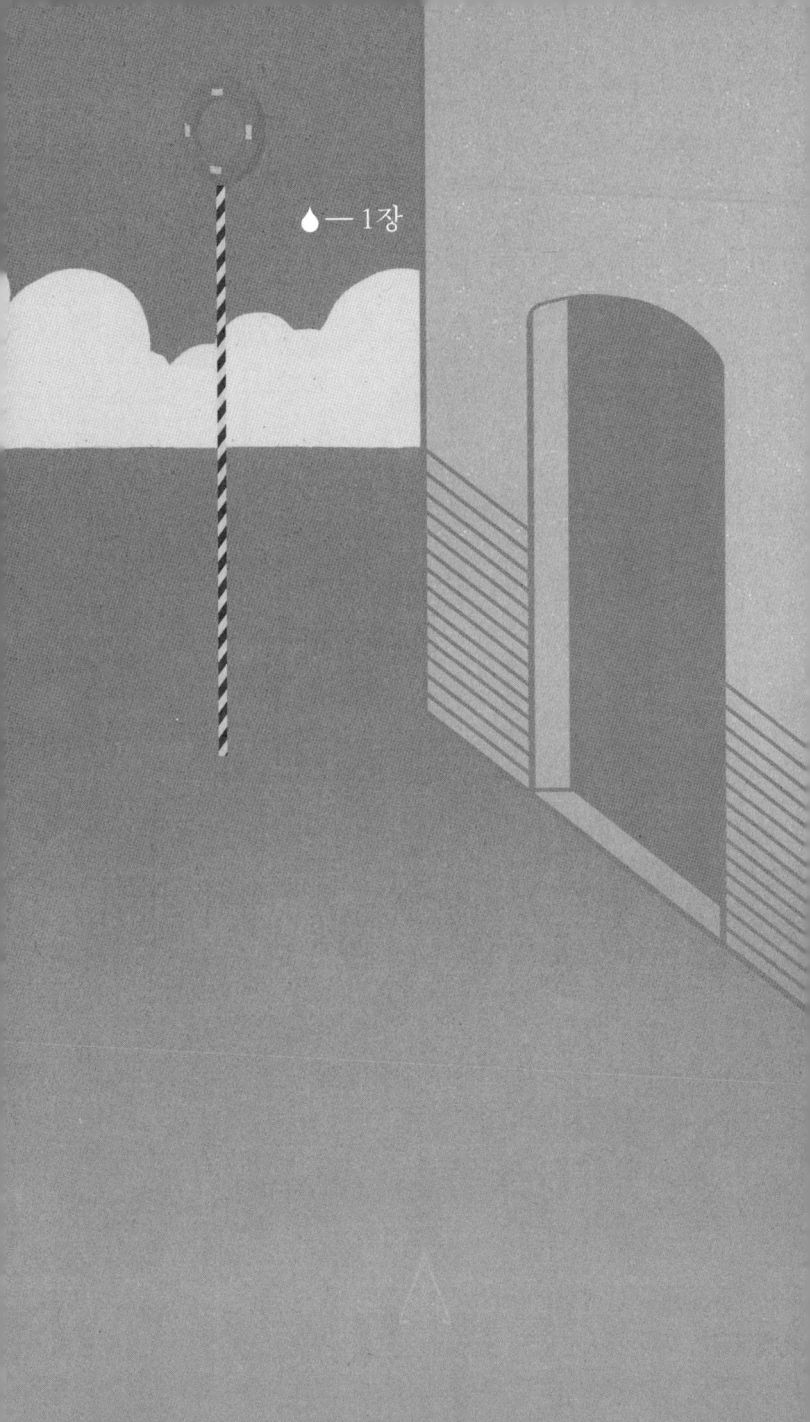

— 1장

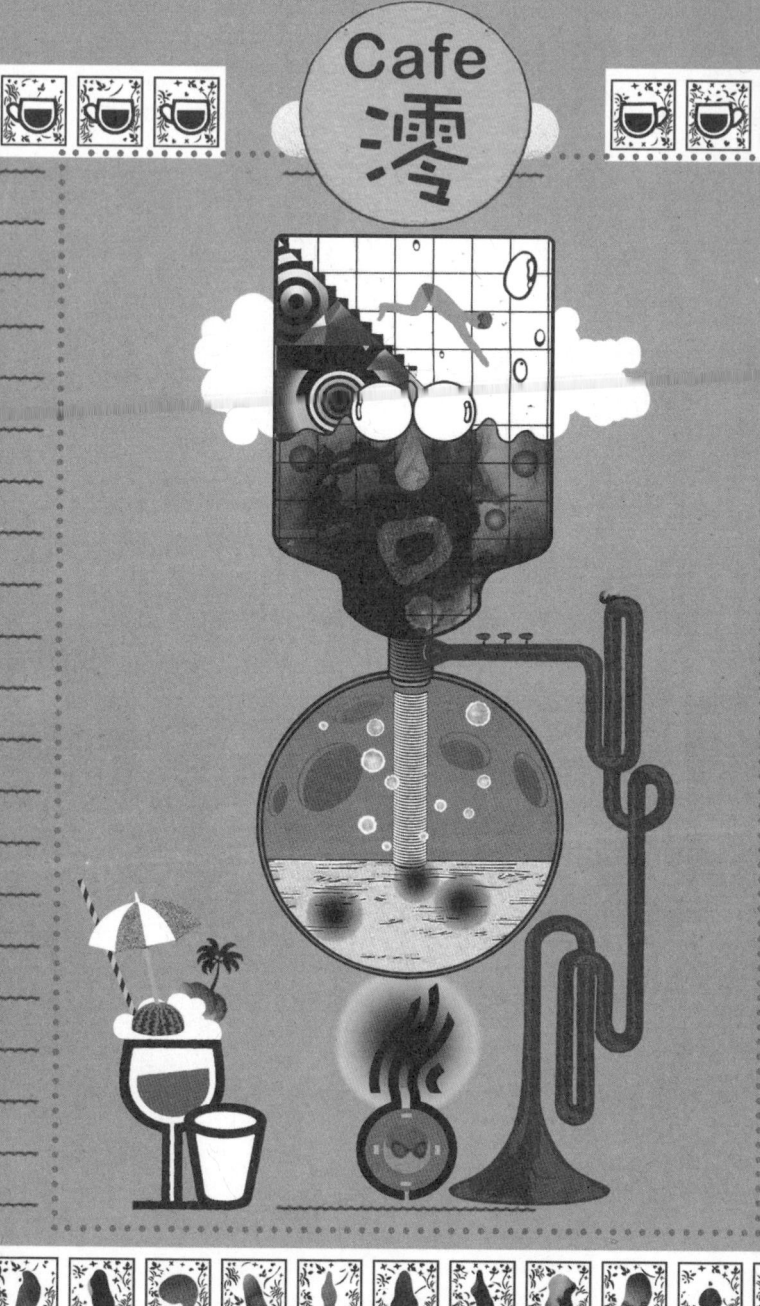

도쿄 근교 기치죠지[*] 부근. 밤.

역 근처에 있는 반지하 카페 '미오'의 내부. 이곳은 주인 이자 점장인 아쓰시가 혼자서 운영한다.

무대 오른쪽에는 계단이 있고, 계단을 오르면 통로가 나온다. 통로 오른쪽은 가게의 입구로, 왼쪽은 아쓰시의 방으로 연결되는 듯하다. 복도 위에는 창문이 있다.

카페 내부에는 오른쪽부터 무대 중앙까지 테이블 좌석이 몇 개 있고, 왼쪽에는 카운터 좌석이 있다. 조명이 어두워 어쩐지 물속을 연상시킨다. 가끔 물방울 떨어지는 소리, 물 흐르는 소리가 들린다.

밤에는 전차 지나는 소리, 철길 건널목 경보음도 섞여 들어오지만 그다지 시끄럽지는 않다.

아쓰시는 카운터 자리에 양 팔꿈치를 대고, 머리를 감싼 모습으로 앉아 있다.

[*] 도쿄 중심에서 약간 서쪽에 있는 지역 이름이다.

통로 오른쪽 출입문이 열리고, 후타가 핸드폰으로 통화
하며 들어온다. 검은 양복에 하얀 셔츠 차림으로, 손에는
비즈니스 가방이 들려 있다.

후타   네네, 알겠습니다. 정말 죄송합니다. 내일 아침
        일찍 꼭 찾아뵙겠습니다. 예예, 신제품 샘플 말
        씀하시는 거죠? 비스□□요. 김사합니다. 네,
        잘 알겠습니다. 제가 꼭, 네네, 그럼 내일 뵙겠
        습니다. 네, 들어가세요.

후타, 허공에 대고 고개 숙여 인사하며 전화를 끊고, 계
단을 내려온다.
아쓰시, 후타 쪽은 돌아보지도 않은 채 말을 건다.

아쓰시   끝났어?
후타   응.
아쓰시   아니, 전화 말고.
후타   응.
아쓰시   어땠어?
후타   뭐가?
아쓰시   아니야.

아쓰시, 시선을 떨어뜨린 채 일어선다. 카운터 안으로 들

어가, 커피를 내리기 시작한다.

후타, 가까운 테이블 의자에 가방을 내려놓고, 그 옆 의
자에 털썩 앉는다. 검은 넥타이를 느슨하게 풀고, 겉옷을
벗어 옆 의자 등받이에 팽개치듯 건다.

두 사람 사이에는 어쩐지 어색한 기류가 감돌고 있다.

아쓰시   나쓰는? 같이 안 왔어?

후타   응.

아쓰시   나쓰도 오는 거 맞지, 여기?

후타   말은 그렇게 하던데.

아쓰시   하던데?

후타   화를 내는 거야, 갑자기.

아쓰시   어? 왜?

후타   내가 짐승이라나 뭐라나. 걔도 참.

아쓰시   뭔 소리야, 그게?

후타   아니, 사키에 얘기하다가. 걔도 참 성질머리하
           고는. 여전해.

아쓰시   너 보고 짐승이래?

후타   응.

아쓰시   그래서, 싸우고 너 혼자 온 거야?

후타   어디 전화 좀 하고 오겠대.

아쓰시   어디?

후타   지 학교.

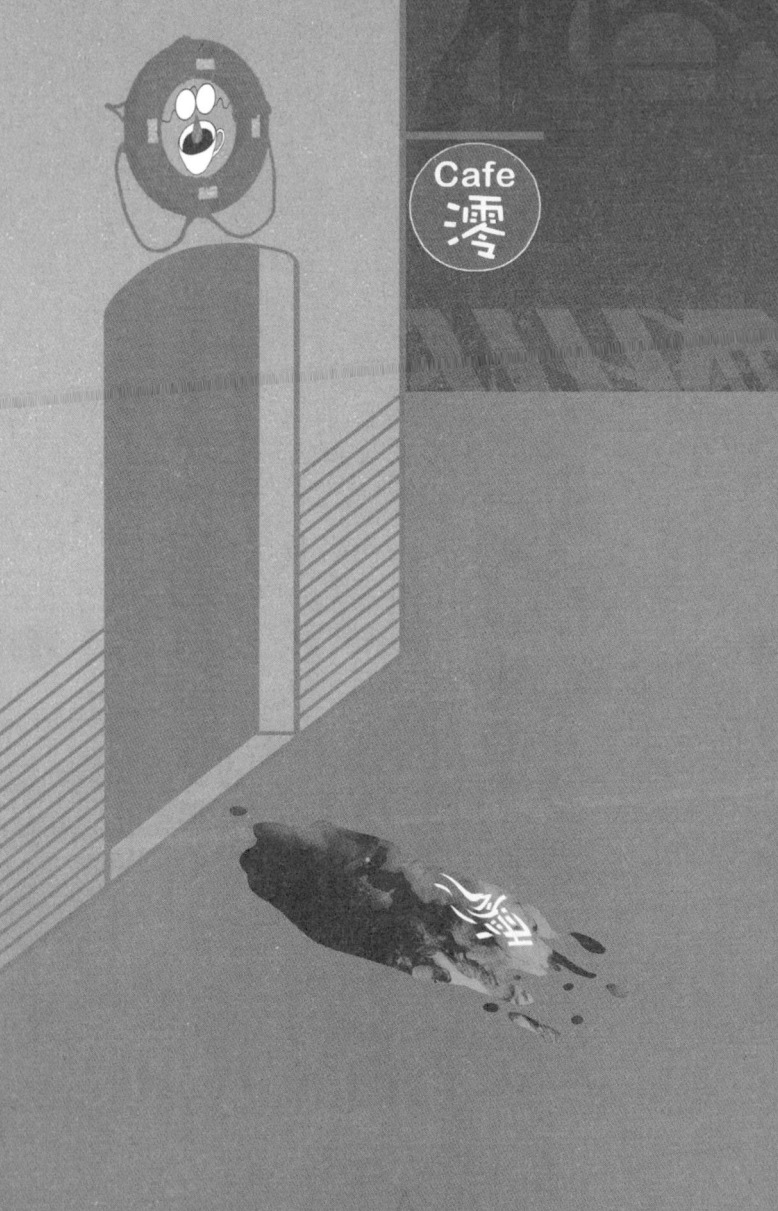

아쓰시   왜?

후타   교무회의 빠지고 왔대. 아까도 좀 늦게 왔더라
      고.

후타, 넥타이를 벗어 셔츠 단추를 풀고, 가방에서 부채를
꺼내 파닥파닥 부친다.
아쓰시, 퉁명스럽게,

아쓰시   여긴 금방 찾았어?

후타   응, 나쓰가, 역에서 나오자마자 바로 뒷길에 있
      다고 가르쳐줬어.

아쓰시   몇 년 만이지, 우리?

아쓰시, 카운터에서 나와 후타 앞에 커피를 놓는다.
후타, 아쓰시를 올려다보며 무의식적으로 커피잔을 입
으로 가져간다.

후타   아뜨뜨뜨뜨뜨.

아쓰시, 자기도 모르게 얼굴에 미소가 번진다.

아쓰시   뭐가 그렇게 급해. 여전하네.

후타   커피가 너무 뜨겁잖아.

아쓰시　당연하지. 지금 내렸는데.

후타, 아쓰시의 얼굴을 물끄러미 본다.

아쓰시　뭘 그렇게 봐?
후타　아니야.

커피를 홀짝홀짝 마시는 후타. 작은 소리로,

후타　후우. 맛있네.
아쓰시　그래?

아쓰시, 카운터 의자에 앉는다.
물소리.

후타　10년 5개월 보름 만이야.
아쓰시　뭐가?
후타　우리. 10년 5개월 보름 만에 만난 거라고.
아쓰시　기억력 엄청 좋다, 너.
후타　너 우리 어머니 장례식 때 왔었잖아.
아쓰시　아아, 벌써 그렇게 됐나?
후타　일부러 그 시골 우리 절까지 와줬잖아.
아쓰시　신세 많이 졌잖아. 내가 너희 어머니한테 얻어

먹은 간식이 얼마야.

후타   넌 몇 년 됐지? 이 카페 한 지?

아쓰시   15년 7개월 10일 됐어.

후타   너도 기억력 좋네.

아쓰시   하루하루가 아슬아슬하거든.

후타   쭉 혼자고?

아쓰시   뭐, 그렇지. 딱히 달라진 게 없어. 넌?

후타   하나 더 태어났어.

아쓰시   고양이?

후타   뭐라는 거야. 우리 딸.

아쓰시   언제?

후타   이제 두 달 됐어. 이 나이에, 참나.

하며 머리를 긁적인다.

아쓰시   몇 살이지, 올해?

후타   우리 50년 전에 태어난 이래로 쭉 같은 나이 아
니야?

아쓰시   아니, 제수씨.

후타   다섯 살 아래.

아쓰시   마흔다섯이라.

후타   왜?

아쓰시   아니야, 축하해.

후타   응, 고생길은 열렸지만.

아쓰시   왜?

후타   낳는 것도 고생, 키우는 것도 고생이지.

아쓰시   자기가 낳은 것도 아니면서.

후타   그렇지, 그래도 기저귀도 갈고, 목욕도 시키고.

아쓰시   네가?

후타   나두 그 정도는 해.

아쓰시   호오.

후타   밤중에 자꾸 우는데.

아쓰시   고양이가?

후타   아이참, 여전하네.

아쓰시   뭐가?

후타   자꾸 화제 바꾸지 마.

아쓰시   너한테 옮은 거야, 이거. 어렸을 때 네 버릇이 잖아.

후타   뭐가?

아쓰시   옛날엔 너 맨날 이랬어. 그래서 우는데 뭐?

후타   아니, 그래서 애 키우는 거 힘들다고. 우리 와 이프는 쿨쿨 잘만 자거든.

아쓰시   그럼 낮에 피곤하겠네.

후타   그렇지 뭐. 꼬맹이가 넷이나 있으니까 어쩔 수 가 없어.

아쓰시   몇 살이지, 올해?

후타   마흔다섯이라니까.

아쓰시   (황당한 듯) 뭔 소리야. 애들.

후타   큰애가 중학생이고 둘째는 초등학교 4학년. 그
         아래가 유치원. (웃음)

아쓰시   갑자기 왜 웃어?

후타   막 매달리고 그러거든.

후타, 무언가에 달라붙는 동작을 한다.

후타   이렇게, 안아주면.

아쓰시   오, 고양이가?

후타   너 또. 우리 딸이.

아쓰시   아아.

후타   따뜻하거든. 애가 새로 태어날 때마다, 아기가
         원래 이렇게 작았었나 싶어. 상상도 안 가지,
         넌?

후타, 주머니에서 남성용 대형 손수건을 꺼낸다.

후타   막 태어날 땐 이 안에 쏙 들어갈 만큼 작거든.

아쓰시   설마. 고양이도 아니고.

후타   아니야, 보통 이만해.

후타, 손수건을 펼쳐 오른손으로 왼쪽 손목부터 아래를 감싼다. 오른손으로 왼팔을 감싸며,

후타 옳지, 옳지, 옳지.
아쓰시 뭐 하냐?

후타, 커피를 혼짜흘때 미신나. 물소리.

후타 아쓰시.
아쓰시 왜?
후타 지금도 있을까?
아쓰시 뭐가?
후타 미용실. 미오 농협에서 대각선 앞에 있던.
아쓰시 기억 안 나. 그게 왜?
후타 옛날에, 나 초등학생 때 엄마가 한 번 데려갔었거든. 샴푸 한다고 누우라는 거야. 거기 일하는 누나 있었잖아. 조수인지, 제자인지.
아쓰시 몰라. 난 이발소 다녔어. 만물상 앞에 있던 데.
후타 그 누나가 머리를 감겨줬거든. 그런데 이렇게 가까이 오는 거야.
아쓰시 어?
후타 내 얼굴 위로 가슴이.
아쓰시 뭐 옷이라도 벗고 감겨줬어?

후타　　뭐라는 거야. 그런데 딱 달라붙는 티를 입어서.

아쓰시　머리 감을 때 보통 눈 감지 않아?

후타　　좋은 냄새가 나는데. 아찔하더라.

아쓰시　그래서?

후타　　그게 다야. 엄마한테 또 데려가달란 말도 못 하고. 그 앞을 지날 때마다 냄새를 맡았었지.

아쓰시　참나.

후타　　기억 안 나? 농협 대각선 앞이라니까.

아쓰시　마사미였나 히사미였나, 간판은 본 거 같은데.

후타　　나오미. 나오미 미용실.

아쓰시　기억력 좋네.

후타　　우리 딸 이름, 나오미라고 지었어. 이번에 넷째.

아쓰시　아, 그래.

아쓰시, 카운터 안으로 들어가 유리잔을 닦기 시작한다.

후타　　회사는 왜 그만둔 거야? 너 전에 회사 다녔었잖아.

아쓰시　넌 왜 안 그만두는데?

후타　　나야 뭐. 먹고 살아야 될 거 아니야.

아쓰시　누군 아닌가. 혼자 살아도 돈은 들어.

후타　　안 심심해? 말이 도쿄지, 이런 변두리 동네에서 매일 커피 내리고.

아쓰시　별로.

후타　뭐 좀, 이렇게, 자극이 필요하단 생각은 안 들어?

아쓰시　네가 그런가보네. 심심해?

후타　아니, 뭐. 만족은 해, 그런대로.

아쓰시　흐음.

후타　그런데, 좀, 영업실적이 안 나오니까.

아쓰시　아아.

후타　어찌나 뭐라 그러는지. 안 팔릴 땐 죽어도 안 팔리는데 어쩌란 말이야. 요즘에는 이상하게,

아쓰시　응.

후타　회사에 젊은 애들이 다 멋있어 보이고, 예뻐 보이고.

아쓰시　어째 이상한 얘기로 빠질 거 같다, 너.

후타　그런데 넌 연애 한번 찐하게 해보고 싶지 않아?

아쓰시　뭐야, 갑자기.

후타　난 하고 싶어. 지금, 진정한 연애를 해보고 싶어!

라고 외친다.

아쓰시　그럼 안 되지. 애가 넷이라며.

후타   그냥, 그렇다고.

아쓰시   (가볍게) 많이 힘들어?

후타   죽겠어. 하루하루가 힘들어 죽겠어.

아쓰시   병원 가서 검사라도 한번 받아봐.

후타   잠 잘 자고, 스트레스 줄이라는 말밖에 더하겠
       냐.

아쓰시   너네 회사 거, 슈퍼에서도 팔더라?

후타   야, 고맙다.

아쓰시   사본 적은 없는데.

후타   야박한 놈.

아쓰시   나는 단 빵은 싫더라고.

후타   식빵도 있어. 과자도 있고.

아쓰시   나는 코코넛 맛이 싫더라고.

후타   '야자열매'는 그냥 회사 이름이야.

아쓰시   회사 이름이 '주식회사 야자열매'인데, 당연히
       전부 코코넛이 들어 있단 소리 아니야?

후타   전부는 아니야. 봐, 이게 요새 막 나온 우리 신
       제품인데.

후타, 가방에서 과자 봉지를 꺼내 아쓰시 쪽으로 내민다.

후타   우리 야심작이야.

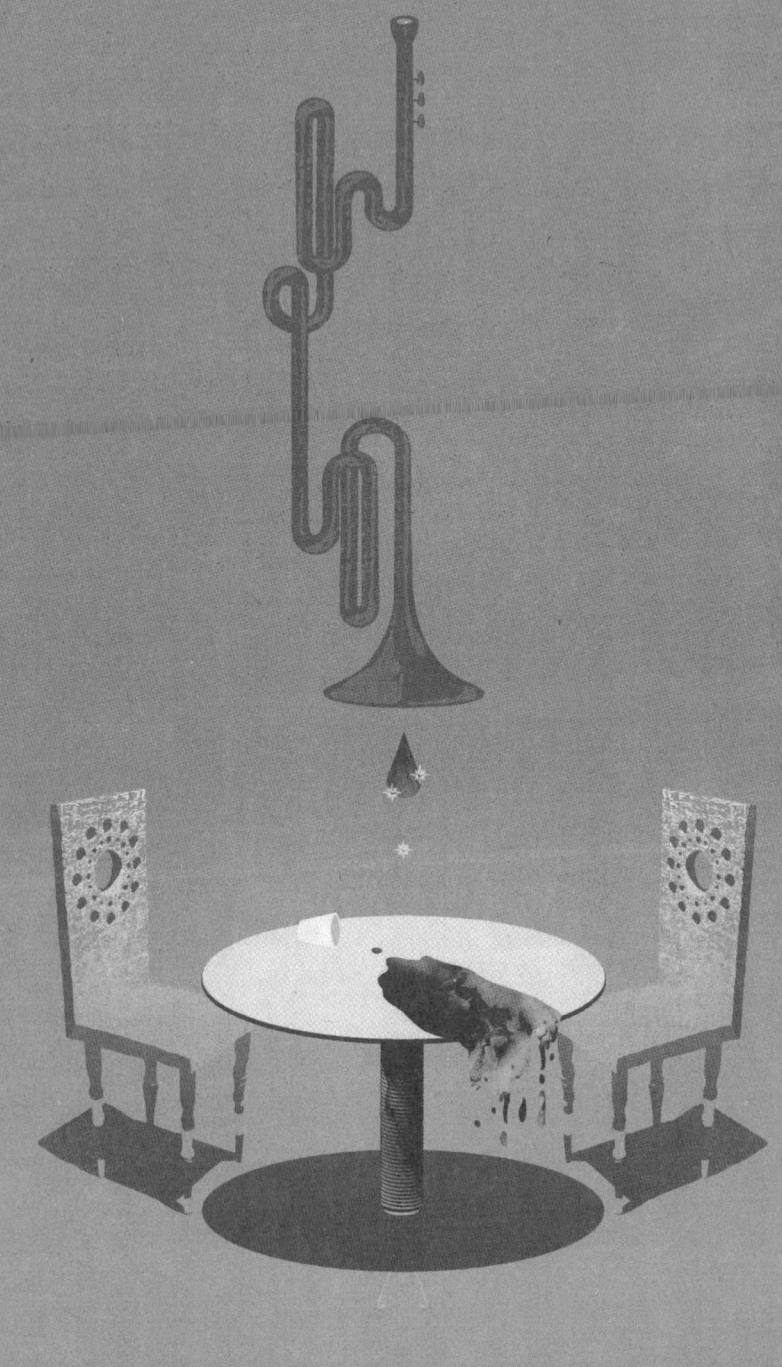

아쓰시, 카운터를 나와 일단 과자 봉지를 받는다.
후타의 맞은편에 앉아, 봉지를 뒤집어 재료 표시를 보고,

아쓰시 들었네, 코코넛.

후타 그게, 우리 회사 간판 같은 거라.

아쓰시 옛날부터 궁금했는데, 회사 이름이 왜 그거야?

후타 우리 회사 전 사장님의 전 사장님의 전 사장님이,

아쓰시 코코넛을 너무 좋아했어? 너 그 말 하려고 했지?

후타 징집돼서 동남아엘 갔는데 거기서 부대가 전멸하는 바람에 정글로 도망을 갔었대.

아쓰시 그래서 야자열매 먹고 겨우 살았대?

후타 그런 소문도 있었지.

아쓰시 그것도 아니면 뭐야.

후타 실은 그 사장님 사모님이 그렇게 좋아하셨대.

아쓰시 코코넛을?

후타 아니, 시. (낭랑하게 암송) "이름도 모르는 먼 섬에서 떠내려오는 야자열매 하나"✦

아쓰시 가락 좀 붙여서 해봐.

후타 음치라 안 돼. 나 심하잖아.

✦ 일본 메이지 시대의 시인 시마자키 도손의 시 〈야자열매〉.

아쓰시   아아, 그랬었다, 참.

후타   (멜로디 없이) "고향의 기슭을 떠나 그대는 대
체 파도 위를 몇 달인가."

아쓰시   됐어, 그만해.

후타   여기, 이게 우리 마스코트야.

과자 봉지를 손가락으로 가리키며 로고를 보여준다.

아쓰시   럭비공이야?

후타   코코넛이잖아.

아쓰시   으음.

후타   어떤가 하나만 먹어봐, 우리 신제품.

하며 봉지를 뜯어, 비스코티✦ 하나를 꺼내 아쓰시에게
내민다.

아쓰시   쿠키네.

후타   아니야, 비스코티야.

아쓰시   비스켓?

후타   비스코티.

✦ 이탈리아 전통 과자. 반죽을 오븐에 두 번 구워, 바삭한 식감이 특
징이다.

아쓰시　같은 거 아니야?

후타　달라.

아쓰시　코코넛은 내 입에 안 맞아.

아쓰시, 결국 봉지를 놓고 카운터로 들어가 유리잔을 다시 닦는다.
후타, 봉지를 테이블 위에 놓고,

후타　뭐, 그것도 하나의 의견이겠지. 말단 소비자의.

아쓰시　말단 소비자?

후타　최고 말단이지.

아쓰시　뭐야, 그게.

후타　저기 시코쿠 구석 작은 마을에서도 산길 따라
　　　차로 30분은 더 들어가야 나오는 시골 촌놈이
　　　라는 소리야.

아쓰시　뭐? 너도 고등학교 졸업할 때까진 똑같이 쭉
　　　거기서 살았잖아.

물소리.

아쓰시　너 요샌 고향 안 내려가지?

후타　응, 이제 부모님도 안 계시고.

아쓰시　가면 좀 그래?

후타　　그런 건 아니고.

아쓰시　혼도지本道寺도 동생한테 억지로 맡겼다며, 물
　　　　려받으라고.✦

후타　　절이 싫었거든. 시골도 싫고.

아쓰시　초등학교, 중학교 달랑 하나씩 있던 동네니까.
　　　　3대, 4대 거슬러 올라가면 동네 사람들이 다 친
　　　　척이나 마찬가지고, 안 그래?

후타　　다들 나만 보면 절 잘 물려받으라는데. 반항도
　　　　못 하지, 공부를 잘해도 탈, 못해도 탈. 내가 여
　　　　자 친구 한번 사귀기가 얼마나 힘들었냐.

아쓰시　야.

후타　　왜?

아쓰시　유치원 때 사치코, 미유키, 초등학교 땐 마미,
　　　　유리, 두 살 아래 하나에, 중학교 올라가선 바
　　　　로 한 학년 위 가스미 누나.

후타　　으.

아쓰시　잘도 아주 그냥.

후타　　아니야. 오해야. 유리랑 하나에는.

아쓰시　걔들은 뭐?

후타　　아니, 걔들 귀여웠잖아. 사귄 건 아니고, 손잡

✦ 일본의 스님은 결혼하고 가정을 꾸린다. 주지 스님은 자녀에게 절
을 물려줄 수 있다.

아본 게 다야.

아쓰시   흠.

후타   너도, 듣기 싫었지?

아쓰시   내가 뭐.

후타   산파 집 아들이라고. 무슨 가게 이름마냥.

아쓰시   할 수 없지. 증조할머니부터 삼대가 산파셨으니까.

후타   어머님은 건강하시고? 은퇴하셨나?

아쓰시   진즉에 했지. 요샌 다들 병원에서 낳잖아.

후타   옛날에 우리 할아버지, 아버지, 우리, 동네 사람들 다 너희 집에서 받아줬는데. 어? 넌?

아쓰시   뭐?

후타   산파가 아기 낳을 땐 누가 받아줘?

아쓰시   나는 우리 할머니가 받아줬지.

후타   아아.

바람이 창을 흔들어 덜컹덜컹 소리가 난다. 아쓰시, 카운터를 나와 계단을 오르더니, 통로에 서서 창문 블라인드를 내린다. 난간을 붙잡고, 아래를 향해,

아쓰시   아직 잘 있지? 네 이름 따온 그거.

후타   응?

아쓰시   절 입구에 있던 단풍나무. 그래서 네 이름에 단

풍 풍楓자가 들어간 거잖아.

후타   뭐야, 새삼스럽게.

아쓰시   300백 살이랬나, 나무 나이가?

후타   응, 어렸을 땐 거기 자주 올라갔었는데.

아쓰시   멀리 집들이며 논두렁까지 보이는 게 참 재밌었어.

후타   절이 높은 데에 있었지. 나무 위에서 보면 동네가 한눈에 다 들어오는 동네였어.

아쓰시   한번 울었던 적 있어, 나쓰가. 단풍나무 위에서.

후타   울어? 나쓰가? 설마. 네가 울었겠지.

아쓰시   나? 내가 왜 울어?

후타   툭하면 울었잖아, 너.

아쓰시   내가 여자애도 아니고.

후타   수영장에도 못 들어갔잖아. 무섭다고 엉엉 울었으면서.

아쓰시   그건 유치원 때고. 물이 무서웠단 말이야.

후타   그런 애가 어떻게 중학교 땐 수영부에 들어왔어?

아쓰시   남이사.

후타   유치원 때 네가 하도 우니까, 나쓰가 울지 말라고, 눈물 닦아주면서 네 손 붙들고 수영장 데리고 들어갔던 거 기억 안 나?

아쓰시   안 나.

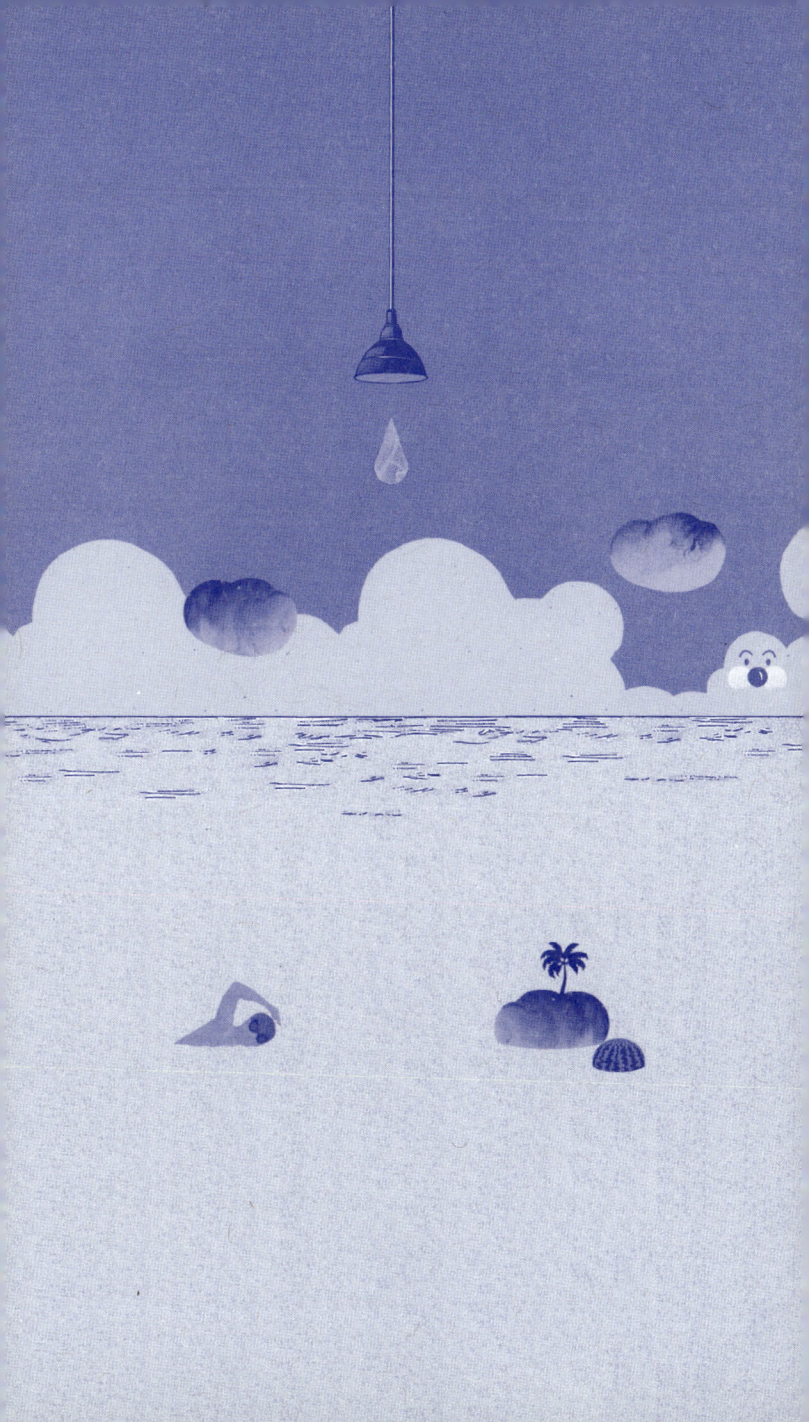

후타   웃기네. 수영도 나쓰한테 배워놓구선. 유아용
               풀장에서.

아쓰시   흥.

후타   나쓰, 걔가 내 등짝을 발로 차서 수영장에 빠뜨
               린 적도 있어.

아쓰시   네가 매를 번 거지. 옛날부터 하여간 초지일관
               이야.

후타   걔가 먼저 놀렸단 말이야. 아까도 그래, 내가
               왜 짐승이야? 흥.

아쓰시   단풍나무 위에서 운 건 나쓰가 맞아. 올라간 것
               까진 좋았는데, 아래를 보니까 무서워진 거지.
               못 내려갈 것 같고.

후타   그래? 나쓰가 울었단 말이지. 그게 언제야?

아쓰시   초등학교 1학년인가, 2학년인가. 우리가 먼저
               내려가고, 나쓰도 내려오려고 밑엘 봤는데 발
               이 안 떨어지더래.

후타   올라갈 땐 아무렇지도 않았는데?

아쓰시   그렇다니까.

후타   그래서?

아쓰시   네가 올라가서 데리고 왔잖아.

후타   기억 안 나.

아쓰시   걔 울면서 너한테 "이 바보 똥개!" 그랬어.

후타   기가 막히네. 빗자루랑 대걸레로 막 남자애들

때리고 다녔던 애잖아, 걔가.

아쓰시   그건, 약한 애 괴롭히는 애들 혼내준 거고.

후타   아무튼, 너 어렸을 땐 진짜 툭하면 울었어.

아쓰시   유치원 때 얘길 왜 해. 수영장에도 못 들어가던 때 얘기잖아.

아쓰시, 계단을 내려와 의자에 걸터앉는다.

아쓰시   단풍나무 새순이 날 무렵이었지?

후타   어?

아쓰시   수영장 대청소하는 날. 수초랑 나방 사체가 둥둥 떠 있는 더러운 물 빼고.

후타   밀대로 쓱쓱 밀었지.

아쓰시   넌 맨날 여자애들 괴롭히고 다녔어.

후타   내가 언제?

아쓰시   물 뿌리고, 밀대로 찌르고.

후타   내가 그렇게 유치했다고?

아쓰시   맨날 나쓰가 화나서 밀대 들고 쫓아다녔잖아. "이 바보 똥개!" 그러면서.

후타   기억 안 나.

아쓰시   거짓말.

후타   4월은 물이 참 차가웠어. 덜덜 떨릴 정도로.

아쓰시   20분만 수영해도 입술이 보라색 되고.

후타　참 달고 맛있었어.

아쓰시　넌 옛날부터 얘기가 너무 건너뛰어.

후타　사키에가 만들어서 가져왔었잖아. 보온병에 담아서. 입에서 목, 식도, 위. 따끈한 기운이 점점 몸에 퍼졌어. 그 느낌 못 잊지.

아쓰시　아아, 밀크티? 응. 그렇게 뭔가를 절실하게 먹을 일이, 잘 없네. 요즘에

후타　술 마신 다음 날 아침 제일 처음 마시는 찬물.

아쓰시　"이 바보 똥개!"

하며, 주먹 쥔 양손으로 통통 때리는 흉내를 낸다.

후타　뭐하냐.

아쓰시　나쓰가 자주 하던 거 있잖아, 옛날에.

후타　하지 마. 비위 상해.

물소리. 철길 건널목의 경보음.

후타　요즘도 수영해?

아쓰시　넌?

후타　이 배를 봐라.

일어서서 아쓰시 쪽으로 다가가 셔츠를 올린다. 배를 탕

탕 두드려본다. 아쓰시, 후타의 뱃살을 잡는다.

아쓰시   와, 수영 좀 해.

후타   바빠. 너나 해.

아쓰시   내가 왜? 배불뚝이도 아닌데.

후타   신경 *끄라고*.

하며, 고쳐 앉는다.

아쓰시   그런데, 참 안 믿기네.

후타   뭐가?

아쓰시   우리 하루에 4천 미터, 5천 미터씩 수영했잖아,
             그땐.

후타   이젠 그 절반도 힘들지.

아쓰시   2, 3백은 하려나? 기껏해야.

후타   2, 30미터가 아니라?

물소리.

아쓰시   잠수 시합도 한 적 있었는데. 3학년, 언제였더
             라?

후타   시즌 끝나고 은퇴하기 직전에. 그때 내가 이겼
             잖아.

아쓰시	내가 이겼지.
후타	나지.
아쓰시	나라니깐.
후타	뭐 걸고 했던 거 같은데?
아쓰시	아아, 수박. 이렇게 크~은~ (하는 몸짓.)
아쓰시	사키에랑 나쓰가 사서 들고 왔잖아, 농협에서.
후타	그거 내가 탔어. 수영장에서 수박 멀은 거 기어
	나네. 3학년 여름에.
아쓰시	결국엔 다 같이 나눠 먹었지, 수박은.
후타	너 벌써 오락가락하냐?
아쓰시	너나 정신 줄 잡아.

아쓰시, 카운터 안으로 들어가 유리잔을 닦는다.

아쓰시	곧 부순대, 그 수영장.
후타	어? 왜?
아쓰시	너무 낡았다고. 새로 다시 짓는 것 같던데?
후타	전혀 몰랐네. 그게 지은 지 그렇게 오래된 건
	가?
아쓰시	거의 반세기 됐지. 한 4년 모자라려나.
후타	잘도 아네.

물소리가, 똑똑똑, 난다.

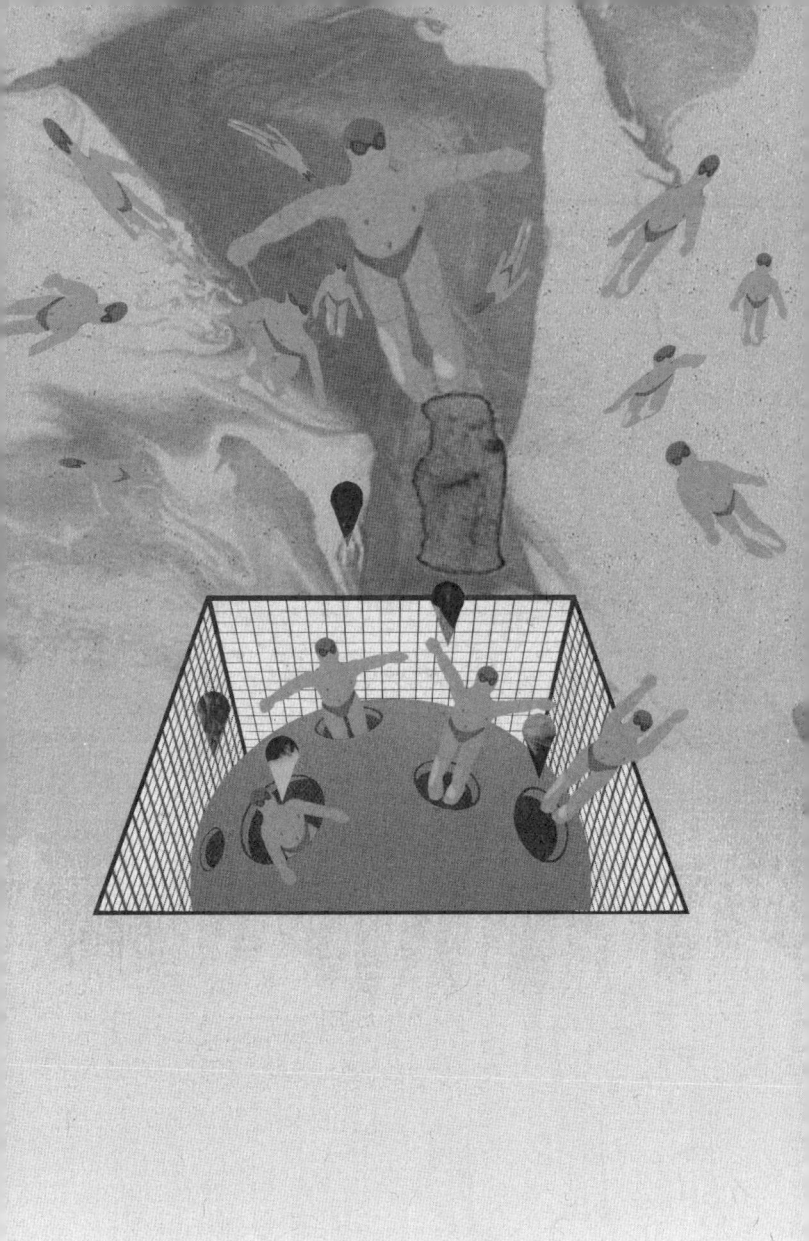

아쓰시 누나가.

후타 어?

아쓰시 아, 아니, 우리 누나. 살아 있었으면 쉰넷이야.

후타 아아, 그렇지 참.

아쓰시 어? 어떻게…?

후타 어?

아쓰시 누나 얘기, 한 적 있었나?

후타 아니.

아쓰시 그럼 어떻게 알았어?

후타 우리 아버지가, 너희 누나 얘기 가끔 했어. 정
말 못 할 짓이라고, 어린애 장례식은.

아쓰시 아아, 주지 스님이.

물소리. 똑똑똑, 난다.

아쓰시, 카운터 위의 물 주전자를 들어 후타의 컵에 물을
따른다.

후타 나쓰는 여기 자주 와?

아쓰시 초반에 딱 한 번 왔어.

후타 남자하고?

아쓰시 아니, 혼자.

후타 색기가 없어, 나쓰도. 아!

아쓰시 어?

후타   너, 나쓰 어때?

아쓰시   뭐가?

후타   아니, 둘 다 싱글이잖아.

아쓰시   그게 뭐?

후타   딱 좋은데 왜.

아쓰시   너도 참.

하며, 카운터를 나와 후타에게 다가간다.

후타   왜?

아쓰시   눈치가 왜 그렇게 없어.

후타   뭐가?

아쓰시   나쓰는, 나쓰 걔, 아마 지금도 계속 널.

후타   아, 그런데 얘 아직도 안 오네? 왜 안 오지?

아쓰시   됐어. 그만하자.

하며, 카운터 안쪽으로 돌아간다.

아쓰시   후타, 넌 말이야.

후타   내가 뭐?

아쓰시   둔한 구석이 있어, 옛날부터.

후타   뭐가?

아쓰시   하여튼 둔해.

후타   누가?

아쓰시   너.

후타   나?

아쓰시   눈치가 너무 없어.

후타   내가 뭘.

아쓰시   옛날부터 그래. 마을 제일 큰 절에서 부족한 거
        없이 자라서 그런가, 하여튼 천하태평이야.

후타   내가 절에서 태어나고 싶어 태어났냐?

아쓰시   (말을 끊으며) 나쓰는,

후타   나쓰가 뭐.

아쓰시   아니, 사키에는,

후타   이번엔 사키에야?

아쓰시   됐어. 그만해.

후타   뭐. 알아듣게 말해.

카운터를 나와, 후타가 있는 테이블의 의자를 하나 가져
와 앉는 아쓰시.

아쓰시   야, 후타.

후타   왜 자꾸 불러.

아쓰시   너, 왜 헤어졌어?

후타   뭐?

아쓰시   개랑 왜 헤어진 거야?

후타   개가 누구야?

물소리.

아쓰시   알아들었으면서 그래. 사키에.
후타   뭐야, 갑자기?
아쓰시   동거까지 했었잖아.
후타   뭐, 그랬지.
아쓰시   걔 도쿄 올라와서 단기대 졸업할 때까지 2년이
           나.
후타   그렇게 옛날 일을.
아쓰시   너랑. 그때 결혼했었으면

물소리.

아쓰시   달라졌을지도 몰라.
후타   뭐가?
아쓰시   사키에.
후타   사키에 뭐.
아쓰시   걔 인생이.
후타   그게 내 탓이야? 내가 나쁜 놈이라고?

하며 일어선다.

후타   그런 말이 나와, 지금?

아쓰시   뭐?

후타   네가 그러면 안 되지.

후타, 화가 나서 의자를 찬다.

후타   너는 오늘 왜 안 갔어? 우리 다 갔는데.

물소리.

후타   말해봐. 왜 안 갔어?

나쓰   (말을 끊으며) 후타.

나쓰가 있다.

통로 오른쪽, 계단 가까이에. 검은 정장 차림.

음악. 무대가 서서히 어두워진다.

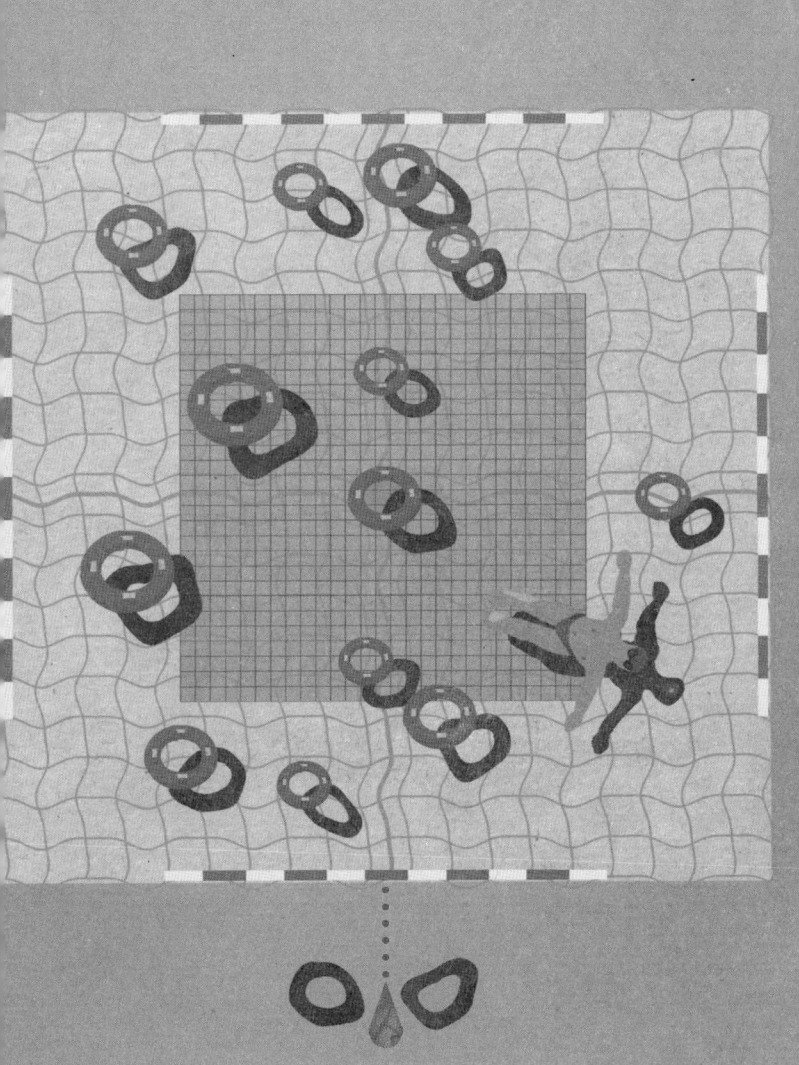

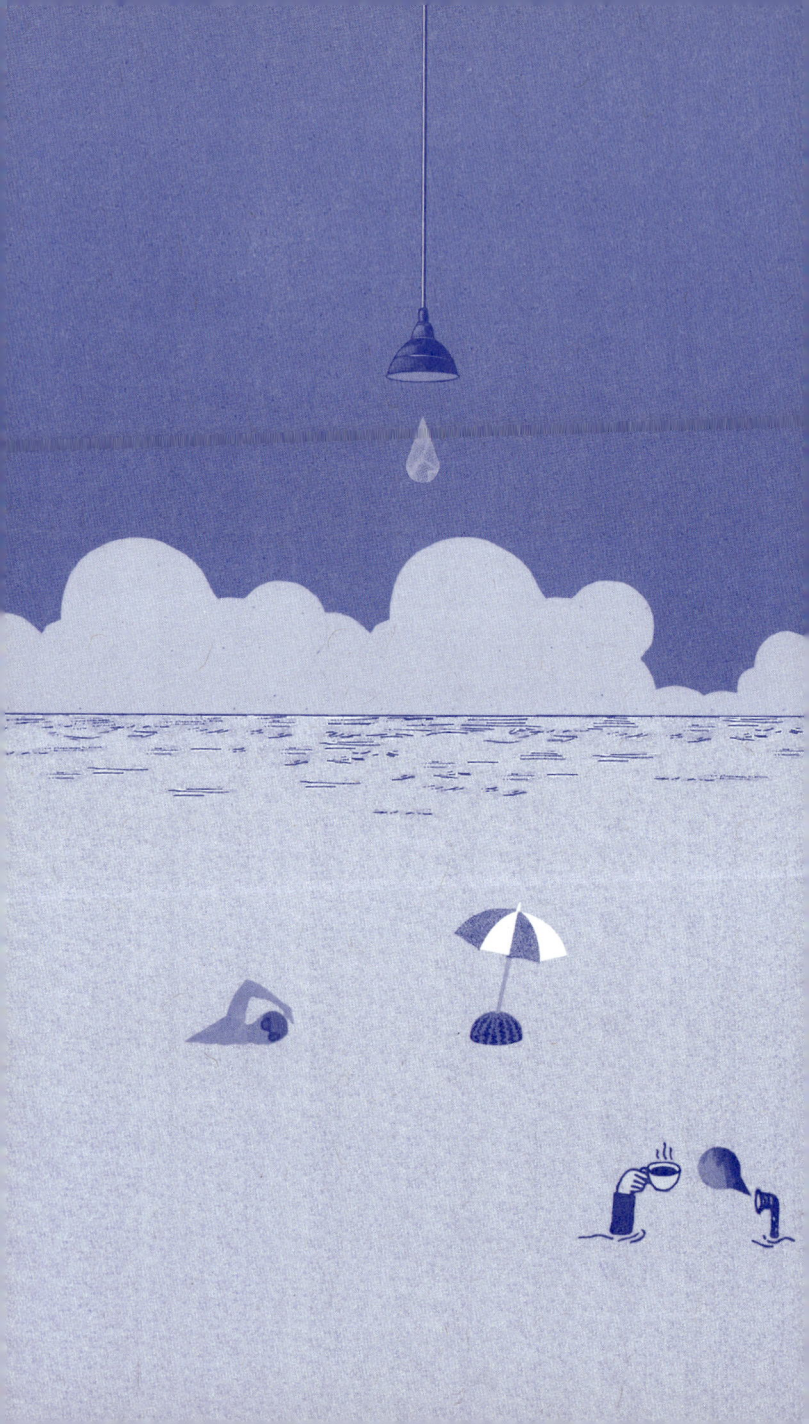

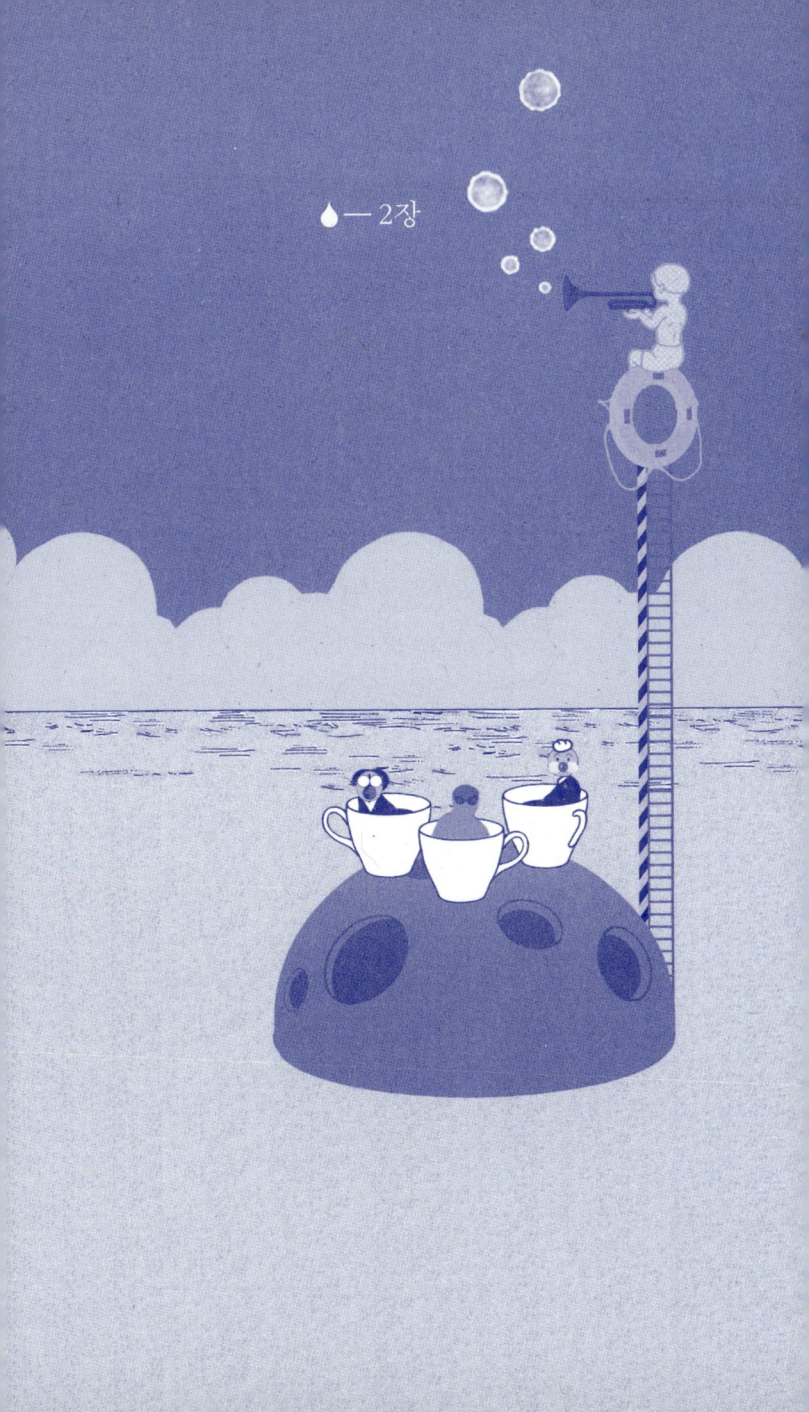

🌢— 2장

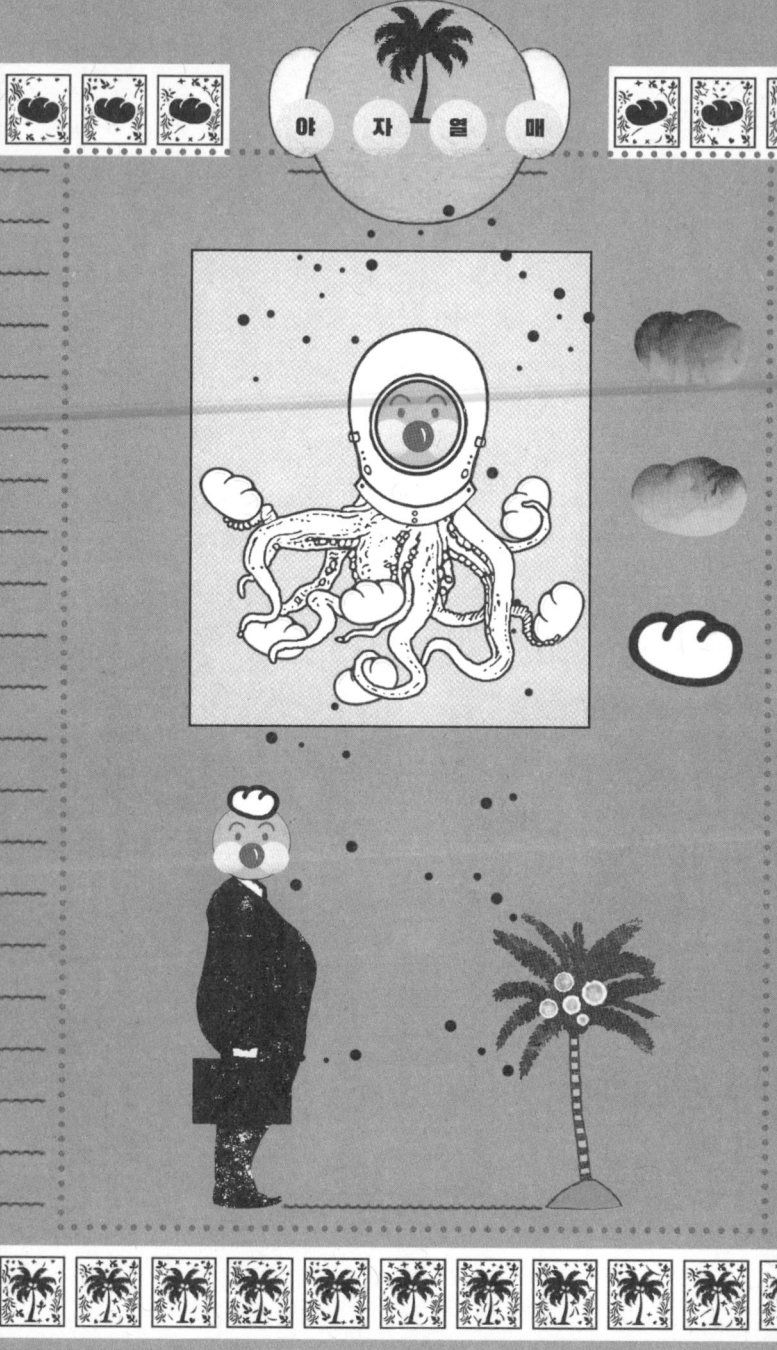

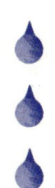

마찬가지로 카페 '미오'의 내부.

가운데 테이블에 후타와 나쓰가 앉아 있다. 테이블 위에는 두 사람의 물이 담긴 유리잔이 놓여 있다. 근처 의자 위에 나쓰의 핸드백이 있다.

아쓰시는 카운터 안에서 커피를 내리고 있다.

나쓰가 갑자기 유리잔을 들고 일어서더니, 후타에게 물을 끼얹는다.

나쓰   짐승.

후타   아, 왜 이래!

하며 일어선다.

나쓰   아까 얘기 이어서야.

후타   아까 얘기?

나쓰   여기 오기 전에. 둘이 어떻게 사귀게 된 건지

애기했었잖아.

후타　　그런데 내가 왜 짐승이야?

나쓰　　결국엔 했단 소리지? 그, 처음에, 사키에랑.

후타　　뭘 해?

나쓰　　몰라서 물어? 그때, 했냐고.

후타　　그야 뭐. 자연스럽게 그냥.

나쓰　　와, 달리기 하다 말고 부인끼리. 밀거티 헛산에
　　　　　서?

후타　　무슨 상관이야. 너도 같이 뛰고 있었잖아, 그
　　　　　때.

나쓰　　같이 뛰기 싫다고, 너 같은 인간이랑.

후타　　걱정할 거 없어. 고등학교 때부터 우린 사는 세
　　　　　상이 전혀 달랐으니까.

하며, 계단에 앉는다. 나쓰는 숨을 거칠게 쉬며,

나쓰　　아쓰시, 너도 알았어?

아쓰시　아니, 난 뭐.

하고, 카운터를 나와, 나쓰에게 물이 담긴 새 유리잔을
건넨다.
나쓰, 일어선 채로 물을 꿀꺽꿀꺽 마시고, 의자에 털썩
앉는다.

아쓰시, 후타에게 물수건을 건넨다.
후타, 물수건으로 머리와 어깨를 대충 닦는다.

나쓰   도대체가 너, 2학년 때면 가스미 언니랑 막 사
            귈 때 아니야?

후타   으.

나쓰   맨날 집에 같이 갔잖아. 수영 끝나고. 손도 막
            잡고.

후타   그건 어쩌다 방향이 같아서 그런 거고.

나쓰   아무튼 가스미 언니에서 사키에로 갈아탔다는
            거잖아. 그 비 오는 날.

후타   뭘 갈아타. 남사스럽게.

나쓰   그럼 뭔데?

후타   여전하다, 너도 참.

나쓰   내가 뭐?

후타   진정 좀 해. 이런 애가 무슨 고등학교에서 선생
            질을 하냐. 말도 안 되지.

나쓰   1학년 부주임이다, 어쩔래.

아쓰시, 세 사람의 커피를 테이블에 나란히 올려놓으며,

아쓰시   후타는.

나쓰   (따지듯) 뭐.

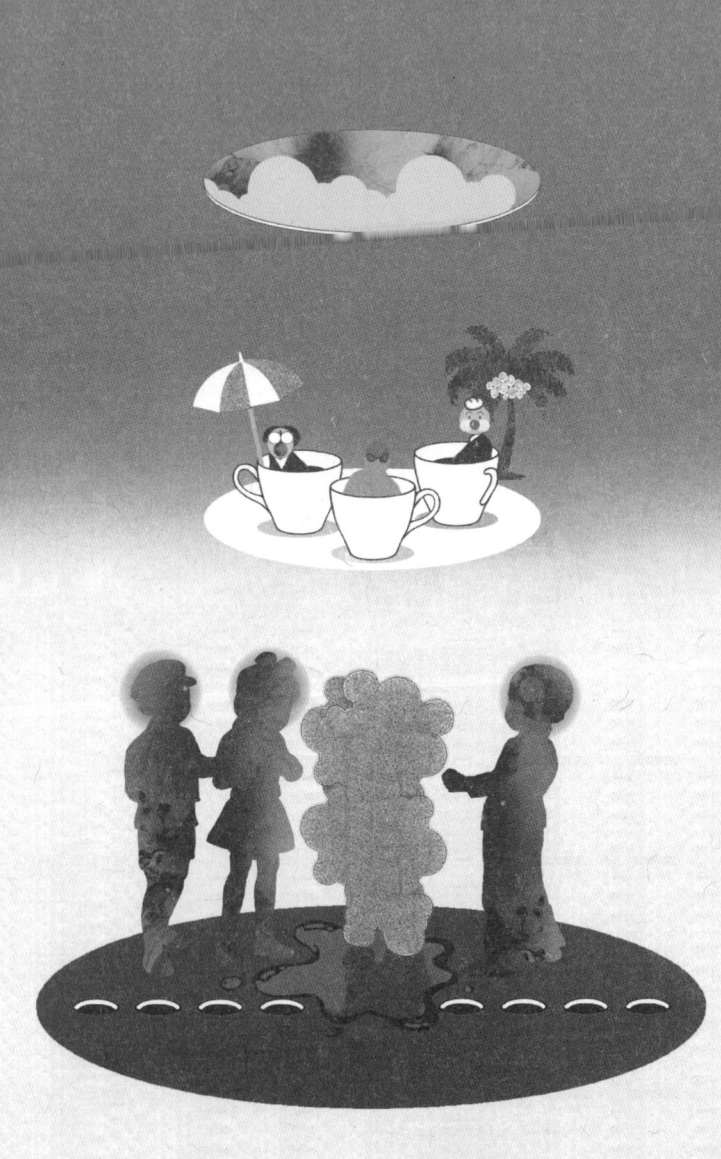

아쓰시   홀렸던 거야. 그날, 소나기에.

나쓰   뭐?

아쓰시   강에, 그 다리 있는 데, 논두렁에 있던 헛간 말
        하는 거지?

후타   으.

아쓰시, 후타가 앉아있던 의자에 앉는다.

나쓰, 무의식적으로 테이블 위에 있는 야자열매의 신제
품 비스코티를 꺼내 오도독 베어 먹는다. 그리고 곧바로
그것을 커피에 적신다.

후타   가을에서 겨울로 넘어갈 때였어. 진눈깨비 같
        은 게 내리는 거야. 몸이 확 식더라고. 어렸을
        때부터 난 몸이 차지면 발에 쥐가 나거든. 그래
        서 다들 먼저 보내고 헛간에서 비 좀 피하려고
        한 건데, 사키에가 자전거를 세우더라. 어쩌다
        그냥 같이 들어간 거야. 난 셔츠가 젖어서 추웠
        거든. 그래서 옷을 벗었더니, 사키에가 이렇게,
        나한테 다가오더라고. 그때 참 따뜻하고 부드
        러웠어.

나쓰   이 바보 똥개. 듣기 싫어.

후타   야, 화제 바꿔서 미안한데, 그거 좀 어떻게 좀
        해라, 좀.

나쓰	뭘?
후타	과자 커피에 적셔 먹는 버릇.
나쓰	딱딱하단 말이야, 이게.
후타	딱딱한 맛으로 먹는 거거든, 우리 과자는.
나쓰	너네 회사 거였어, 이 쿠키?
후타	비스코티야.
나쓰	비스켓?
후타	비스코티.
나쓰	뭐든 간에, 좀 별로네, 이거.
후타	뭐라는 거야. 자기가 이상하게 먹어놓고.
나쓰	어떻게 먹든 소비자 마음이지.
후타	흥, 말단 소비자 주제에.
나쓰	뭐?
아쓰시	그런데 그렇게 먹으면 우리 커피 맛에 방해되잖아. 코코넛 맛이랑 섞지 말아줄래.
나쓰	처음 한 모금은 커피만 마셨어.
아쓰시	그래? 맛이 어땠어?
나쓰	깊고 고요하게 천천히 말을 건네오는 듯한 맛이었어.
후타	햐아, 역시 국어 선생.
나쓰	(가볍게) 시끄러워.

후타, 테이블 자리로 간다. 한 손에 커피잔을 들고,

후타	다음엔 내가 내린 커피도 마셔봐.
나쓰	싫어. 네가 내린 커피를 왜 마셔.
후타	내 것도 은근히 맛있어. 와이프도 맛있댔어.
나쓰	그래? 와이프가 센스가 좋네.
후타	아니, 맛있는 건 나. 나의 커피.
나쓰	아니야, 뭐 부려먹을 거 있어서 칭찬 좀 해줬나 보네.
후타	진짜로 맛있거든. 원래 빵이나 과자를 만들다 보면 음료에 대한 안목도 생기는 법이야.
나쓰	너 영업 사원이잖아.

하고, 나쓰는 일부러 천천히 비스코티를 커피에 적셔서 먹는다.
후타, 그것을 보며,

후타	유치하게. 너 나이가 몇이냐.
나쓰	나이가 왜 나와.
후타	우리 벌써 반세기나 산 사람들이야.
나쓰	아이고, 할머니네.
후타	와, 현실을 순순히 받아들이네?
나쓰	할머니 맞잖아. 너희, 마키 기억나?
후타	마키?
아쓰시	우리 집 근처 살던 마키코?

나쓰 응, 마키코.

나쓰 저번 오봉お盆✦ 때 성묘 갔다가 우연히 봤거든.

　　　　조그만 여자애 손 붙잡고 가더라고. 네 살짜리.

후타 우리 셋째랑 같네.

나쓰 그게, 손녀래.

후타 / 아쓰시 엇!

나쓰 그것도 둘째.

후타 나 충격받았어.

매우 풀이 죽는다.

나쓰 뭘 그렇게까지.

후타 내가 옛날에 좀 좋아했었거든, 마키코를.

아쓰시 또?

나쓰 진짜 아무나 다 좋아했던 거 아니야?

후타 아주 옛날에, 초등학생 때.

나쓰 <u>크크크크크크</u>.

아쓰시 깜짝이야.

후타 왜 그래, 기분 나쁘게.

나쓰 갑자기 생각나서, 우리 학생이.

아쓰시 너희 고등학교?

✦ 추석과 비슷한 명절이다.

나쓰   응, 내가 가르치는 반, 1학년 남자애가.

아쓰시   너, 진짜 선생질 잘하고 사냐?

나쓰   왜?

후타   빗자루 들고 남자애들 쫓아다니는 거 아니야?

나쓰   기가 막혀.

후타   조심해, 신문에 안 나게.

나쓰, 무시하고 아쓰시에게,

나쓰   그 1학년 남자애가, 나보고, 할머니, 그러는 거
         있지.

후타 / 아쓰시   엇!

나쓰   자기 할머니랑 닮았대, 내가.

아쓰시   고등학생 손자라.

후타   중학교 때 결혼했으면 가능하겠는데?

아쓰시   야, 네가 그런 말 하니까, 좀.

나쓰   재작년에 돌아가셨나봐, 그 애 할머니가. 그런
         데

갑자기 웃는다.

아쓰시   왜 그래.

나쓰   기분이 좋더라고.

아쓰시	할머니 소리 듣는 게?
나쓰	할머니를 너무 좋아하는 그 애 마음이 느껴졌거든.
후타	아무리 생각해도 너무 빨라, 고등학생 손자는.
나쓰	그렇지.
아쓰시	응.
나쓰	잡지에 운세 같은 기 ㅣ ㅣ오깊이.
후타	얘기가 엄청 건너뛴다, 너도.
나쓰	아주 어렸을 때 본 건데, 내가 쉰 살에 찐한 연애를 한다는 거야.
아쓰시	올해네?
후타	완전히 빗나갔네, 그 운세.
나쓰	그땐 사람이 쉰 살 먹고도 연애를 하나 싶었거든.
아쓰시	난 내가 오십이 될 거라곤 상상도 못 했어.
후타	중학교 졸업하고 순식간에 35년이 지났네.
나쓰	나도 안 믿겨. 이렇게 너희 얼굴 보고 있으면, 내일 또 수영장에서 만나야 할 것 같아.
후타	안 될 소리지. 우린 이제 몸에 난 털도 다 쉬어버릴 나이인데.
나쓰	이 바보 똥개. 이상한 소리 좀 하지 마.

물소리.

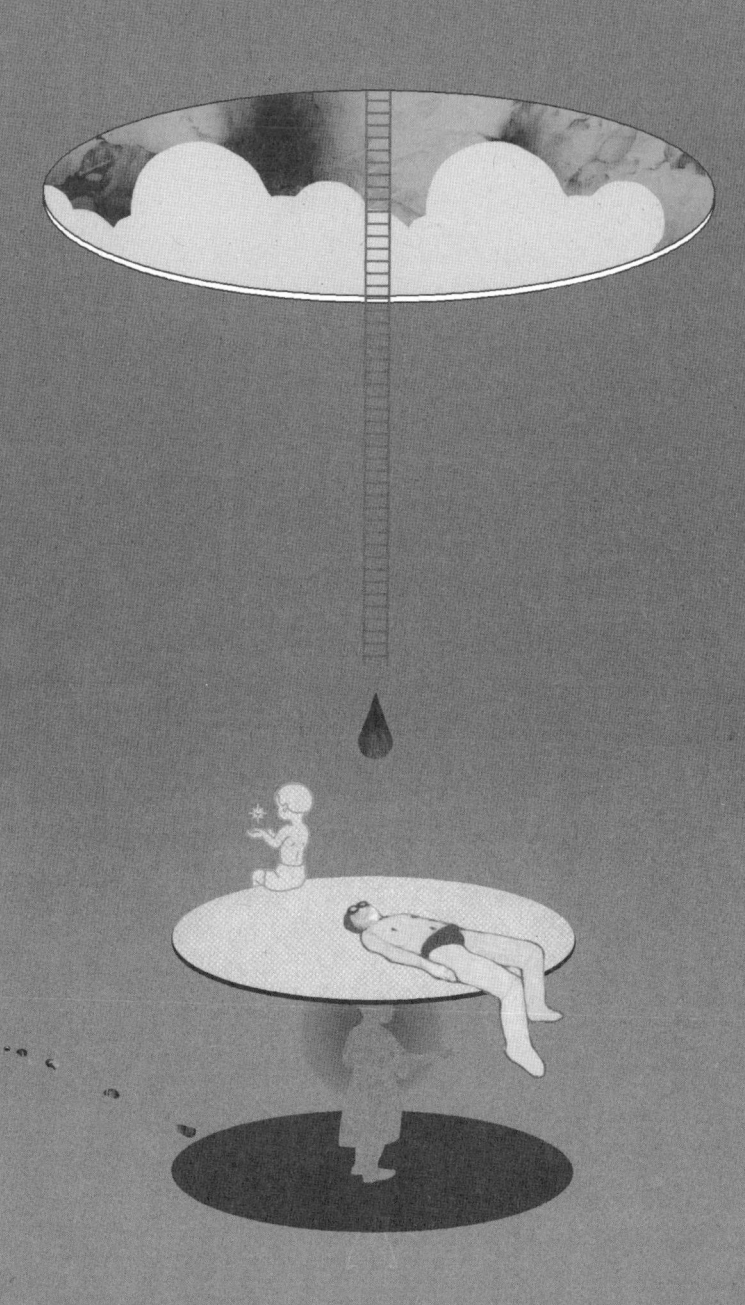

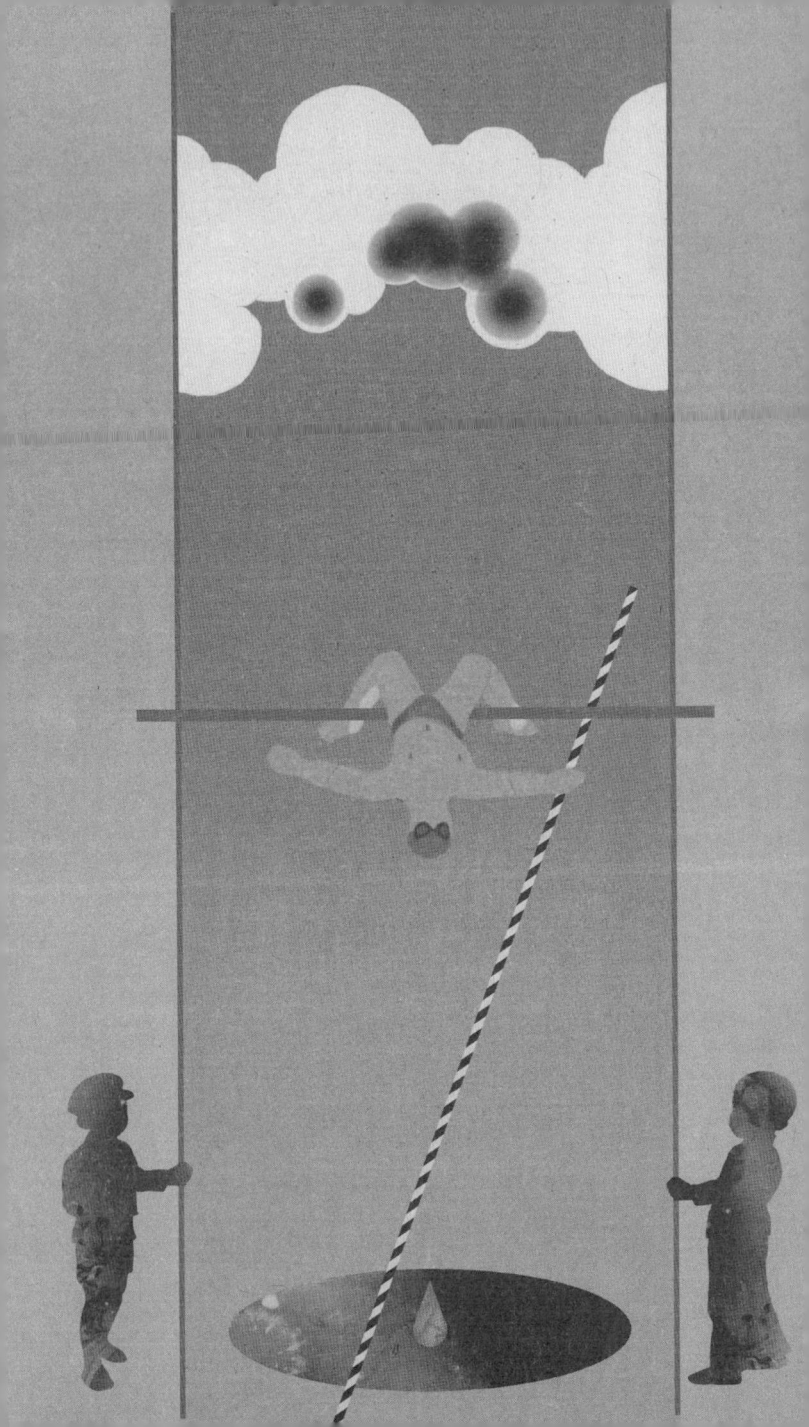

아쓰시   나쓰밖에 없네. 대학 가서도 수영 계속 한 건.

나쓰   실력도 없으면서.

후타   없지, 암, 없지. 물에 빠진 줄 알고 뛰어들 뻔한 적도 있어. 네 자유형은 정말.

나쓰   네 평영이 가관이지. 개그야, 뭐야. 앞으로 가질 않잖아. 팔만 돌아가고.

아쓰시   그래도 얘, 엄연한 타이틀 보유자야.

후타   30년도 지난 얘기 가지고.

나쓰   아아.

아쓰시   고3 때 현県대회 나가서. 200미터 자유형이었나? 대회 신기록 세웠잖아.

후타   2년쯤은 안 깨진 거 같더라고, 내 기록이.

아쓰시   얘도 고등학교 때까진 현역이었지.

나쓰   그래, 사와 고등학교 주장이었잖아, 명분상.

후타   명분상?

후타, 약간 분개한다. 나쓰, 모른 척한다.
아쓰시, 중재하려는 듯,

아쓰시   아, 나쓰, 기억나? 그때 누가 이겼는지?

나쓰   어?

아쓰시   우리 잠수 대결.

나쓰   언제?

후타　　중3 때, 마지막 시즌. 은퇴 직전에.

나쓰　　아아, 그거? 내가 이겼지.

아쓰시 / 후타　뭐?!

나쓰　　우리 셋이서 한 거 말하는 거지? 사키에가 심
　　　　　판 보고. 50미터 꺾어서 돌아오는 지점에서 너
　　　　　희 둘 다 올라간 다음에 내가 팔 한 번 더 저었
　　　　　으니까 내가 이긴 거지.

후타　　아니야 아니야. 그치, 아쓰시?

아쓰시　어어, 말도 안 돼.

나쓰　　야, 벌써 오락가락하면 어떡하니.

후타　　너나 병원 한번 가봐.

나쓰　　(어조를 바꿔 후타에게) 넌 왜 그만둔 거야?

후타　　어?

나쓰　　그만둘 건 없었잖아.

후타　　뭘?

나쓰　　수영. 그렇게 자신 있었으면 계속하지. 도쿄로
　　　　　대학 가서도.

후타　　아니, 그땐 알바 하느라 바빴어.

아쓰시　동거했잖아, 얘. 사키에랑.

나쓰　　나도 알고 있었어. 용케 부모님 몰래.

후타　　그냥, 왔다 갔다 살았어. 반 동거.

후타, 유리컵의 물을 마신다.

나쓰, 비스코티를 커피에 적셔서 오독오독 베어 먹고, 커피를 한 모금 마신다.
아쓰시, 카운터 의자에 앉는다.

물소리.

나쓰   볼살이 볼록해졌더라, 사키에.✦
후타   사진도 옛날이랑 똑같던데, 뭐.
나쓰   살 엄청 빠졌었거든. 마지막에 병문안 갔을 땐.
후타   그건 그렇게 만들어준 거지.
나쓰   누가?
후타   전문가가. 얼굴 곱게 해주고, 옷도 입혀주고.
나라   어떻게 그렇게 잘 알아?
후타   나 절에서 살았잖아.
나쓰   아, 너 염주도 좋은 거 들고 다녔지, 참.
후타   그렇지 뭐, 장남이니까.

물소리.

나쓰   조문객이 얼마 없더라.

✦ 장례식에서 본 사키에 얼굴. 일본의 장례식에서는 망자의 얼굴을 볼 수 있다.

65

후타   또 그 소리야.

나쓰   병문안이라는 게, 갈 게 못 돼.

후타   한 달에 한두 번 갔어?

나쓰   병원에 반년이나 있었는데, 마지막에 입원했을
             때.

후타   고마웠을 거야, 사키에도.

나쓰   심은 것 같지는 않았는데.

아쓰시   왜, 반응이 별로였어?

나쓰   자꾸 물어보더라고. 근처에 볼일 있어서 들렀
             냐고. 끝까지 문병 와줘서 고맙단 소리는 못 들
             었어.

후타   사키에답네.

나쓰   뭐가?

후타   강한 척한 거잖아. 동정받기 싫다 이거지.

나쓰   왜 그게 사키에다운 거야?

후타   그냥.

나쓰   그냥?

후타   아무튼, 알려줘서 고마웠어.

나쓰   그래?

후타   나중에 알았으면 더 괴로웠을 테니까.

나쓰   아….

후타   마지막에 잘 보내주고 싶잖아.

나쓰   한번 가지 그랬어, 병원에도.

후타　　그건 좀 힘들지.

나쓰　　왜?

후타　　이미 오래전에 끝났으니까. 반의 반세기 전에.

나쓰　　그래도.

후타　　남편 얼굴 볼 용기도 없고.

나쓰　　만났잖아, 오늘.

후타　　마지막은, 봐야지.

아쓰시　　인사했어?

후타　　분향만 하고 나오려고 했는데. 나쓰가 끌고 가
　　　　서 잠깐 만났어.

아쓰시　　인사도 안 하고 가면 좀 그렇지.

후타　　맞아. 진짜로, 사람, 없더라.

아쓰시　　응.

후타　　적막한 분위기였어, 전체적으로.

아쓰시　　초상집이 다 그렇지. 이웃들, 친척들 모여서 술
　　　　마실 일도 없고.

나쓰　　시골도 아니고, 그치?

아쓰시　　사키에는 형제도 없고. 친척도 없지 아마?

후타　　부모님이 어디 멀리서 온 사람이었어.

아쓰시　　시골로 도망 온 거랬어.

후타　　어떻게 그렇게 잘 알아?

아쓰시　　아니, 그냥. 옛날에 엄마가 슬쩍 그러시더라고.

나쓰　　산파는 모르는 게 없지.

아쓰시	그런데, 걔네 부모님은 지금 어디 사시나?
나쓰	글쎄. 이제 시골에는 안 사신대.
후타	사키에는 애 많이 낳았더라.
나쓰	응, 일곱 명.
후타	벌써 다 컸어. 우리 애들보다 훨씬.
나쓰	아래 둘은 아직 중학생이야.
후타	그 애는?
나쓰	어?
후타	제일 큰 애, 여자애.
나쓰	아아.
후타	미오, 라고 부르더라, 애 아빠가.
나쓰	아, 응.
후타	고향 이름을 붙였나봐.
나쓰	그러게 말이야.
후타	대학생이야?
나쓰	어?
후타	사키에 큰딸.
나쓰	아아, 아니, 고등학교 졸업한 지는 2, 3년 됐고, 지금은 직장 다닌대.

하며, 유리컵의 물을 마신다.

후타	사키에가 학교 졸업하고, 나랑 헤어지고, 도쿄

에서 회사 다녔잖아.

나쓰 응, 1년 좀 넘게 다녔나?

후타 넌 계속 연락했어, 사키에랑?

나쓰 했다가, 끊겼다가.

물소리.

나쓰 그러다 반년 전쯤에 전화가 왔었어.

아쓰시 사키에한테?

나쓰 사키에 남편한테서. 마지막 입원이 될 것 같다
면서.

아쓰시 아아.

나쓰 아쓰시. (무언가를 말하려다 만다.)

아쓰시 어?

나쓰 아니야.

후타 나쓰. (하고, 말을 멈춘다.)

아쓰시 왜, 뭔데.

나쓰 음…. 처음엔.

아쓰시 응.

나쓰 아니, 사키에가 입원 초기에는 몸이 부어 있었
거든.

아쓰시 응.

나쓰 그러다 점점 야위더니 마지막 3개월은 호스피

스에서 지냈어. 남편은 매일매일 간병하러 오
고. 어쩔 땐 하루에 두 번, 세 번도 오고.

후타   응.

나쓰   사키에도 남편한테 응석을 많이 부리더라고.
이거 먹고 싶다, 저거 가져와라, 그러면서.

후타   그래?

아쓰시   일단 사키야, 만부디!

나쓰   어?

아쓰시   사키에 남편이랑.

나쓰   한 5년 전이었나? 한번 집에 놀러 갔다가 그때
봤어.

아쓰시   아아.

나쓰   연하장을 보냈더니 부부가 같이 답장을 보내더
라고.

후타   그런 건 또 잘 챙기네. 역시 국어 선생.

나쓰   연하장도 안 보내는 건 너밖에 없어.

후타   그러고 보니 난 해마다 받았네, 나쓰한테선.

나쓰   답장 좀 해.

물소리.

나쓰   두 달 전쯤에.

아쓰시   응.

나쓰	우연히 걔 남편이랑 마주쳐서.
아쓰시	어.
나쓰	얘기를 좀 하게 됐어. 병원 복도에서.
아쓰시	응.
나쓰	한참. 한 30분 정도.
아쓰시	무슨 얘기?
나쓰	어?
아쓰시	그 사람이 뭐랬는데?
나쓰	그게⋯.
후타	뭐랬는데.
나쓰	그게, 음, 후타.
후타	왜.
나쓰	큰애가.
후타	어.
나쓰	걔 첫째 딸애가.
후타	응.
나쓰	중학생 때 자기한테 뭘 물어본 적이 있었대.
후타	뭘?
나쓰	음.

물소리.

나쓰	친아빠 맞냐고.

후타 / 아쓰시 어?

나쓰 그, 미오라는 애가.

아쓰시 그래서?

나쓰 당연히 친아빠지, 그랬대.

후타 / 아쓰시 응.

나쓰 그런데, 그 딸애가 하는 말이.

후타 응.

나쓰 엄마는 아무 말도 안 하더라, 그러더래.

아쓰시 어?

나쓰 친아빠 맞냐고 물어봤는데 아무 말도 안 하더래.

아쓰시 그래서?

나쓰 사키에한테 화냈대.

아쓰시 화를 냈대?

나쓰 왜 친아빠 맞다고 말 안 했냐고.

물소리.

아쓰시 무슨, 병원 복도에서 그런 얘길 해?

후타 그건 어쩔 수 없지.

아쓰시 어?

후타 그럼 병실에서 해?

아쓰시 아니, 그런 말이 아니잖아.

72

나쓰   쌓인 게 많았는지, 복도에서 나를 붙잡고 말을
          막 쏟아내더라고.

아쓰시   쌓인 게 많았대?

나쓰   어? 응.

아쓰시   뭐가 또 있었어?

나쓰   아, 음, 아니.

후타   그거 아니야? 종교 문제.

나쓰   그 얘기도 했어.

후타   너도 받았어? 무슨 종교 믿으라고 하는 이상한
          편지?

나쓰   너도 받았어?

후타   아니.

나쓰   그런데 어떻게 알아?

후타   풍문으로 들었지. 6, 7년쯤 됐나? 우리 동창들
          한테 꽤 연락을 돌린 거 같더라고.

나쓰   교주님과 함께 행복을 찾으러 떠납시다?

아쓰시   너도 가입했어?

나쓰   난 거절했지, 당연히.

후타   그 남편도 거기 교인인가?

나쓰   아니, 반대했었나봐, 쭉.

아쓰시   아아.

나쓰   교인들한테는 알리지도 않은 거 같아. 장례 치
          르는 거.

아쓰시	왜?
나쓰	남편은 질색했다니깐.
아쓰시	아아.
나쓰	사키에가 동네 사람들한테도 포교하고 다녔던 모양이야.
아쓰시	남편이 그래?
나쓰	5년 만에 사키에 집에 갔을 때.
아쓰시	응.
나쓰	이웃 같길래 길 좀 물어봤더니, 반응이 이상하더라고.
아쓰시	어?
나쓰	고립된 느낌이었어. 확실한 건 아니고. 그런데 느낌에, 사키에가 그 종교 사람들 하고만 어울렸던 것 같아.
아쓰시	아….
나쓰	음.
아쓰시	그런데, 애들은?
나쓰	애들?
아쓰시	그래도 북적댔을 거 아니야, 일곱 명이나 있었으면.
나쓰	종교 일도 있고, 바빠서 집을 많이 비웠던 것 같더라고. 좀 복잡했나봐, 심적으로.
후타	너도 애들은 오늘 처음 본 거야?

나쓰	응, 병원에서도 본 적 없어.
아쓰시	남편은…
나쓰	마지막에 정말, 사키에한테 잘하더라.
아쓰시	결혼한 지 얼마나 됐지?
나쓰	글쎄, 언제 했지?

물소리.

나쓰	넌 언제 했어?
후타	어?
나쓰	결혼.
후타	아아.
나쓰	사키에랑 헤어지고. 그러고 나서.
후타	6년 후? 취직하고 4년 차에 했으니까. 그때 참 애가 안 들어서서….
나쓰	(말을 막고) 후타.
후타	왜?
나쓰	왜 안 한 거야?
후타	어?
나쓰	결혼.
후타	결혼을 왜 안 해. 와이프가 막 취직하고,
나쓰	(말을 막고) 아니.
후타	응?

나쓰   사키에랑.

후타   너도 그럴 거야? 너까지?

나쓰   어?

후타   잘 안 맞는 걸 어떡해, 사키에랑은.

나쓰   뭐가?

후타   밤에.

나쓰   이 야! 이 바보 똥새.

후타   실은 내가 차였어, 사키에한테.

나쓰   한눈팔았겠지, 딴 여자한테.

후타   으.

나쓰   어? 진짜로?

후타   용서를 안 해주더라고, 아무리 빌어도.

나쓰   당연하지.

후타   그때 충격받고 얼마나 힘들었나 몰라. 몇 년 가
        더라.

나쓰   자업자득이지.

후타   시끄러워.

후타, 한숨 쉰다.

후타   솔직히. 돈 벌러 다니느라 그때 나도 힘들었어.
        사사건건 싸움이 되더라고. 더는 같이 못 살겠
        다고 느꼈던 거 같아, 아마.

나쓰	응.
후타	그래도 지금 생각하면 참 좋았어, 개 목소리. 그때를 돌이켜보면 꼭 꿈속 같아.
나쓰	만약에.
후타	어?
나쓰	만약에, 말이야.
후타	뭐.
나쓰	너랑 헤어지지 않았으면, 달라졌을지도 몰라.
후타	뭐가 또.
나쓰	사카에의 운명이.
후타	다 나 때문이라는 거야, 너도? 너까지?
나쓰	그런 게 아니라.
후타	그럼 뭔데?
나쓰	후타.
후타	아, 왜?
나쓰	사키에는, 사키에는 말이야.
후타	(화가 나서) 나쓰.
나쓰	(말을 끊고, 하지만 조용히) 사키에는, 문병 갈 때마다 네 얘기만 했어. 그렇게 따뜻한 사람이 없대. 세상에서 자기랑 제일 잘 통하는 사람이었대. 다른 얘기 하다가도 결국 결론은 그거더라고.
후타	(말을 막고) 그만해.

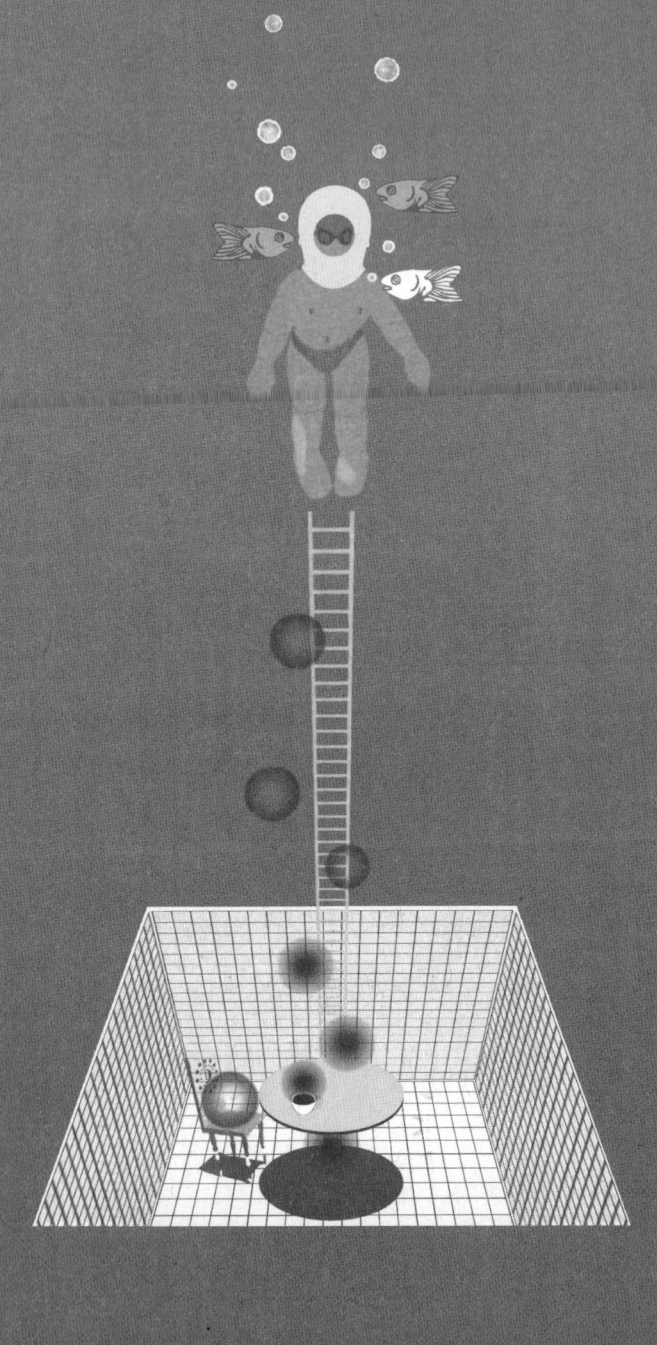

나쓰   후타.

후타   그만 좀 하라고.

물소리.

후타   아쓰시, 너.

아쓰시   어?

후타   너 말이야, 너야말로, 사키에랑.

나쓰   (말을 막고) 후타.

후타   왜?

나쓰   하지 마.

후타   왜?

나쓰   그만 좀 하라며.

후타   이건 딴 얘기잖아.

나쓰   됐어. 이제 와서.

아쓰시   뭔데?

후타   아니야.

물소리.

나쓰   아쓰시.

아쓰시   왜?

나쓰   오늘 왜 안 왔어?

아쓰시	어?
나쓰	문상. 우린 갔는데.
후타	나쓰.
나쓰	왜?
후타	그만해, 좀.
나쓰	여기서 금방이잖아.
아쓰시	어?
나쓰	무슨 메모리얼 홀, 바로 근처잖아.
아쓰시	응.
나쓰	내일은 갈 거지?
아쓰시	아니.
나쓰	왜?
아쓰시	나 사키에랑 한참 연락도 안 했어.
나쓰	아쓰시.
아쓰시	어?
나쓰	너 왜 이 동네로 왔어?
아쓰시	뭐라고?
나쓰	카페.
아쓰시	음.
후타	나쓰.
나쓰	하필 역 바로 뒤에.
아쓰시	그냥, 어쩌다 보니까.
나쓰	버스로 30분이면 가지?

아쓰시   뭐가?

나쓰   사키에네 집.

후타   아쓰시. 봤어, 우리. 오늘.

나쓰   사키에, 첫째 딸, 얼굴.

물소리.

나쓰   아쓰시, 사키에랑.

후타   (동시에) 네가 여기 가게 차린 게.

아쓰시   그만해.

눈을 돌리는 아쓰시.
물소리, 세차게.

나쓰   언제야?

아쓰시   뭐가.

나쓰   사키에랑….

물소리.

아쓰시   그냥 두면 안 되겠더라고.

나쓰   어?

아쓰시   너무 망가져서.

나쓰   뭐가?

아쓰시   걔.

나쓰   사키에?

아쓰시   마시지도 못하는 술. 잔뜩 취해서.

나쓰   언제 얘기야?

아쓰시   후타 결혼하고 바로.

후타   걘 꼭.

나쓰   어?

후타   걘 꼭.

물소리.

후타   걘.

물소리.

후타   늘 없는 거를 찾아. 어디 멀리, 있는지 없는지
           도 모르는 걸, 찾지도 못하고, 그러고 살았어,
           걔는. (울먹인다.)

물소리.

나쓰   그럼, 그 미오라는 애는?

아쓰시　　나도 한참 지나서 알았어.

물소리, 길게, 길게.
철길 건널목의 차단기 내려가는 소리가, 희미하게 들린
다.
후타, 손목시계를 보고,

후타　　아, 큰일 났네.

일어나서, 가방을 든다.

아쓰시　　가려고?
후타　　응.
아쓰시　　자고 가도 돼, 위에. 한 사람 정도는.
후타　　내일 아침 일찍 거래처 가야 하거든. 집에서도
　　　　　　기다리고.

라고 말하며 가방을 열어, 그 자리에서 옷을 갈아입기 시
작한다.

후타　　답답해 죽겠네. 예복이란 게 참. 이놈의 배 때
　　　　　　문에.

라며, 바지를 벗는다.

시선을 어디에 두어야 할지 모르고 당황하는 나쓰.

나쓰   으악! 이 바보 똥개.

하며, 후타의 등 언저리를 난폭하게 때린다.

후타   아야야야, 너.

하고, 돌아서는 후타. 위는 하얀 셔츠, 아래는 트렁크 차림이다.

나쓰   뭐.

후타   이러니 여태 데려가는 사람이 없지. 사키에는 안 그랬어. 귀엽고, 잘 챙겨주고, 한결같이 상냥하고, 맛있는 것도 해주고. 그 폭신폭신한 오믈렛, 이제 못 먹는다고 생각하니까 눈물이 핑 돈다. 야. 너도 좀 배워, 이 바보야.

나쓰   (억누른 목소리로) 왜 그렇게 사키에만 좋아해?

물소리.

나쓰 정말 모르겠어. 걔가 그렇게 예뻐? 결국엔 배신당했잖아, 너희 둘 다. 사키에 남편도. 그런데도 그렇게 사키에가 좋아? 남자한테 끼나 부리는 애야. 어쩜 그렇게 다들 넘어가…. 후타, 걔 대학 때도 너 몰래 미팅 나간 게 한두 번이 아니야. 너 몰랐지? 양다리에, 삼다리까지 갔었어. 결혼하고 나서도 그때 만나던 남자 계속 만난 것 같다고, 남편이 그러더라. 속은 텅 빈 애야. 그런 종교에 빠진 것도, 오죽 자기한테 자신이 없었으면 그래. 거기서 또 남자 생기고. 그러니까 더 깊이 빠지고. 걘 맨날 예쁜 척만 해. 수영부에서도 하는 일이라곤 시간 재는 것밖에 없으니 얼마나 편해? 그런데 다들 사키에만 챙겨주고. 나는 맨날 남자애들이랑 똑같이 수영하는데. 나 같은 건 아무도 신경 안 쓰지. 사키에한테 한 것처럼 나한테도 잘해주면 뭐 무슨 큰일이라도 나? (후타에게) 이 바보 똥개야!

점점 소리를 높이는 나쓰.

후타 나쓰.
아쓰시 나쓰.

85

물소리.

후타　　신경 써주길 바랐어?

나쓰　　그래.

후타　　신경 썼어.

나쓰　　어?

아쓰시　　신경 썼냐고.

물소리.

아쓰시　　되도록 여자로 안 보려고 신경 썼어.

물소리.

후타　　되도록 우리가 친구로 오래 갈 수 있게.

나쓰　　…

무대가 서서히 어두워진다. 음악.

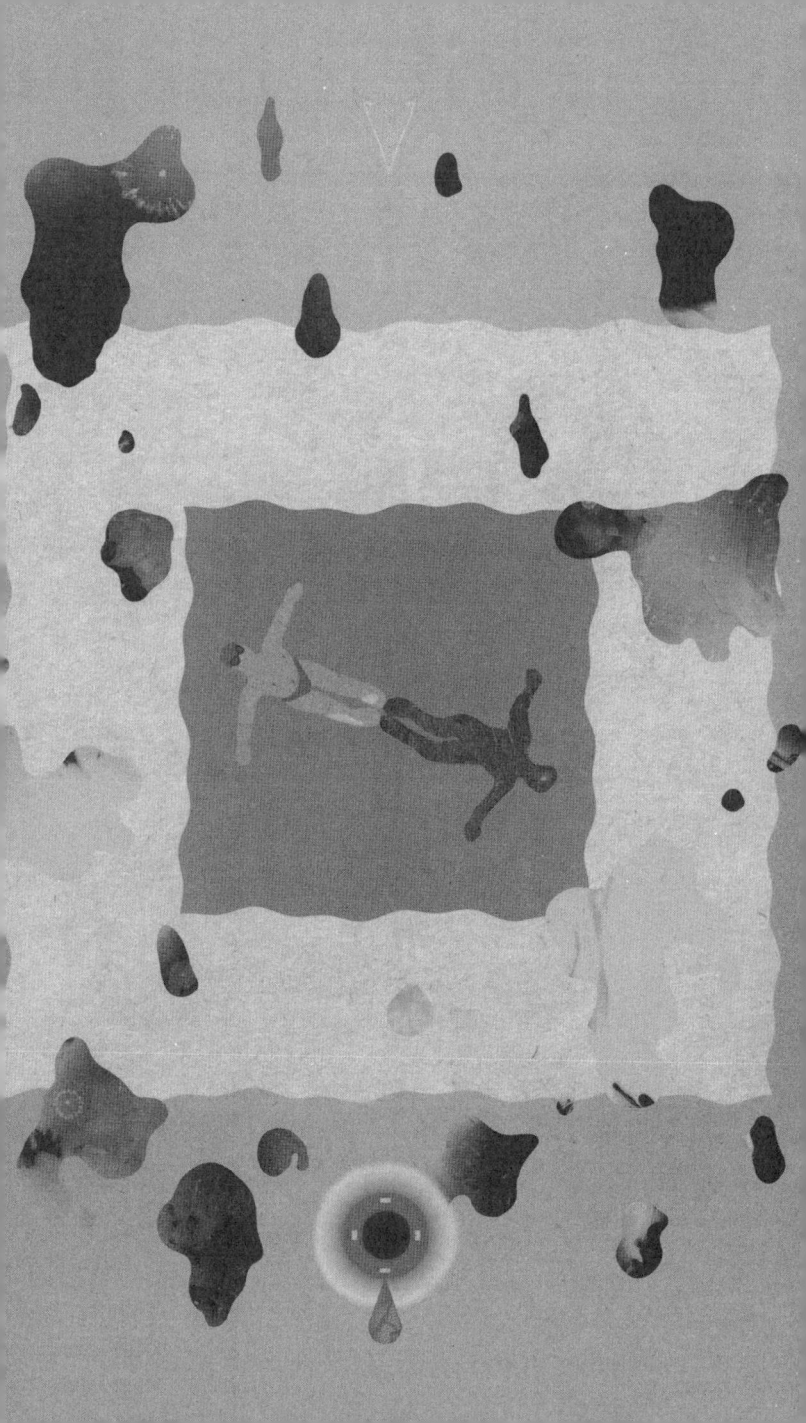

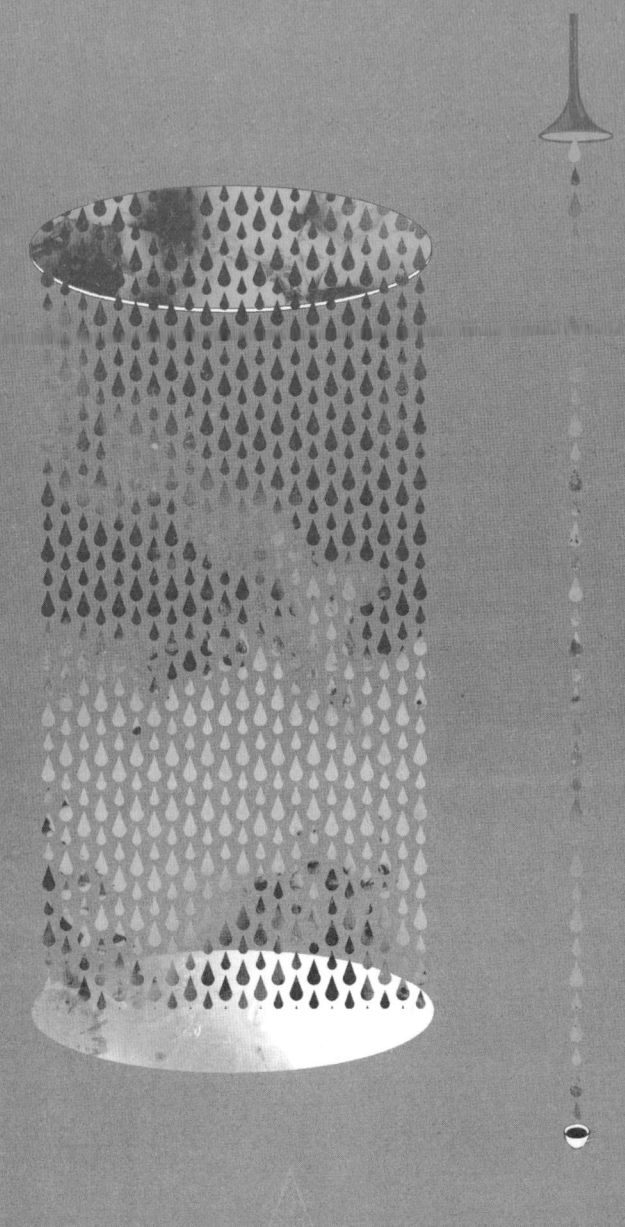

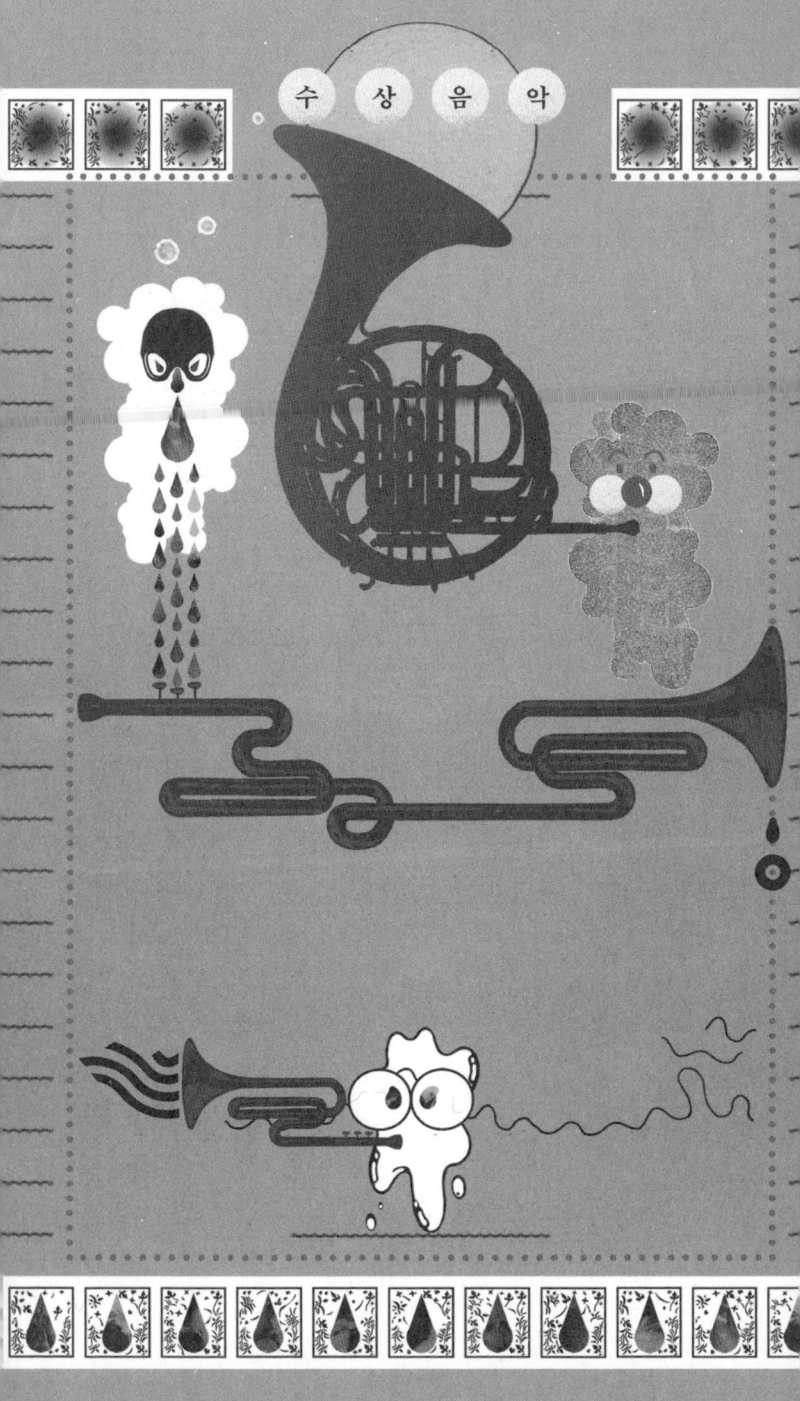

3장

물소리. 카페 '미오'의 내부. 약간 어둑어둑하다.

카운터 자리에 엎드려 졸고 있는 아쓰시.

물소리가, 똑똑똑, 난다. 그리고 강물 흐르는 소리.

어린아이처럼 눈을 비비는 아쓰시.

여자(목소리) 아쓰시.

아쓰시　어?

여자(목소리) 아쓰시.

아쓰시　아.

여자(목소리) 아쓰시.

아쓰시　누나.

여자(목소리) 아쓰시, 울지 마.

아쓰시　엄마는?

여자(목소리) 아까, 강가에 사는 아저씨가 불러서 갔어. 금

　　　　방 태어날 거 같대서.

아쓰시　아아.

여자(목소리) 아쓰시, 울지 마. 응? 누나랑 놀자.

아쓰시　　응.

여자(목소리) 우리 같이 집 보자.

수도꼭지에서 물방울이 대야로 떨어지는 소리.
뚝, 뚝.

여자(목소리) 소리 좋지?

똑, 똑. 똑, 똑.

여자(목소리) 아쓰시는 이 소리가 더 좋아?

똑똑똑, 똑똑똑.
그리고 강물 흐르는 소리.

여자(목소리) 누나는 이 소리가 제일 좋아.

아쓰시　　누나. 어디 있어?

여자(목소리) 여기 있잖아.

아쓰시　　거짓말. 여기 없어.

여자(목소리) 여기 있어.

아쓰시　　누나.

여자(목소리) 어?

아쓰시　지금도, 물속에 있어?

강물 흐르는 소리.

여자(목소리) 이제 태어났대. 엄마, 곧 오실 거야.
아쓰시　누나, 어디 있어? 누나.
여자(목소리) 아쓰시, 누나는 쭉 여기 있어. 너 기다리고
　　　　　있어.
아쓰시　아, 가지 마, 누나. 가지마.

강물 흐르는 소리. 아쓰시, 일어난다. 계단 위에 여자 그
림자가 있다.

아쓰시　가지 마.

무대, 서서히 밝아진다.
계단 위에 나쓰가 있다.

나쓰　아쓰시.
아쓰시　어? 아.
나쓰　왜 그래?
아쓰시　어? 아니야.

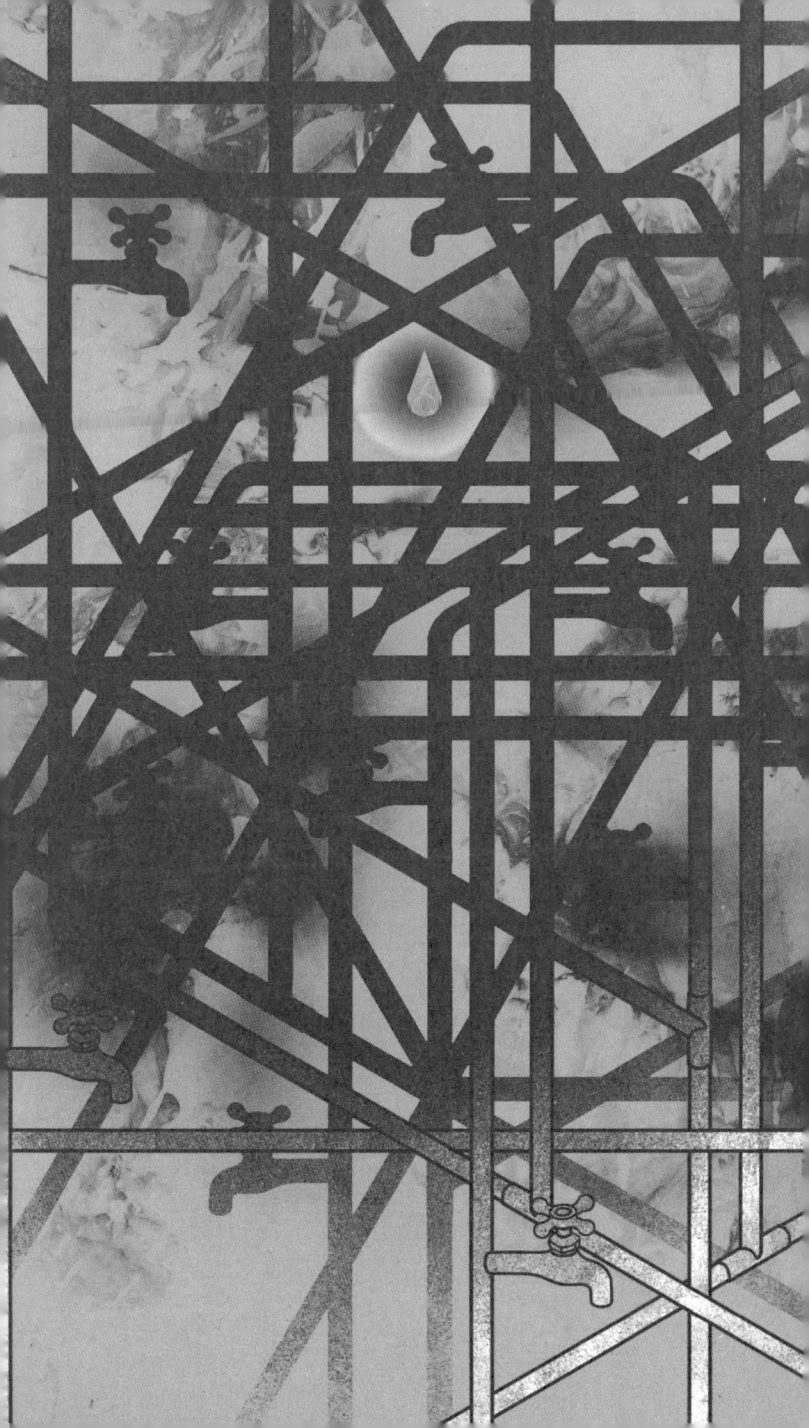

나쓰, 계단을 내려온다.

나쓰　　뭐야.

아쓰시　아니야. 버스는 잘 탔어?

나쓰　　겨우.

아쓰시　후타 또 화냈지? 왜 따라오냐고.

나쓰　　그렇지 뭐. 그런데.

하며, 앞에 있는 의자를 끌어다 앉는다.

나쓰　　외로웠는지도 몰라, 속으론.

아쓰시　왜?

나쓰　　입을 싹 오므리더라고, 나 보더니.

아쓰시　왜? 무슨 의미야, 그게?

나쓰　　현미경으로 보면 보일 만큼의 반가움, 이랄까?

아쓰시　희망적 관측이라는 게 이런 거구나.

나쓰　　뭐라고?

물소리.

나쓰　　막차 버스 탈 땐, 누구나 외로운 법이거든.

아쓰시　난 너 다시 올 줄 몰랐어. 같이 타고 갈 줄 알았
　　　　　어.

나쓰   어? 방향도 다른데. 난 택시 타고 갈 거야.

아쓰시   그래?

나쓰   난 금방이라.

아쓰시   응.

나쓰   또 학교에서 전화 올지도 모르고.

아쓰시   이렇게 밤늦게?

나쓰   안 올 거 같긴 한데. 오늘, 교무회의 빠지고 왔 거든.

아쓰시   응.

나쓰   교장, 교감이랑 사이가 좀 그래.

아쓰시   너?

나쓰   나만 그런 건 아니고.

하고, 테이블 위에 놓인 비스코티를 집어 오도독 먹는다.

아쓰시   커피, 한잔 더 줘?

나쓰   응, 고마워.

아쓰시, 카운터 안으로 들어가, 커피를 내리기 시작한다.
나쓰, 살짝 웃으며,

아쓰시   왜?

나쓰   아쓰시, 너 어렸을 때 커피 마신 적 있어?

아쓰시　없어.

나쓰　나도. 그래도 손님용으로 집에 인스턴트 커피
　　　는 있었어.

아쓰시　다들 그랬지, 미오에서는.

나쓰　그런데 지금은 카페 사장님이네.

아쓰시　응, 그러게. 웃기네.

나쓰　좀 전에 버스 기다리다가, 후타한테 물어봤거
　　　든.

아쓰시　뭘?

나쓰　왜 빵 만드는 회사에 들어갔냐고.

아쓰시　아아.

나쓰　중학교 때, 자주 연습 보러 오던 선배 있었잖아.

아쓰시　선배? 남자?

나쓰　응, 졸업생. 학교 앞 가게.

아쓰시　아아, 나 그 사람 싫어했어.

나쓰　왜?

아쓰시　젊은 사람이 두꺼운 안경 끼고. 자기가 뭐라고.
　　　선생도 아니면서.

나쓰　그래도 많이 챙겨줬잖아. 빵도 주고. 가끔, 연
　　　습 끝나면.

아쓰시　팔다 남은 거 준 거 아니야?

나쓰　그래도 난 그게 너무 좋았어. 단팥빵이랑 쨈빵
　　　이랑.

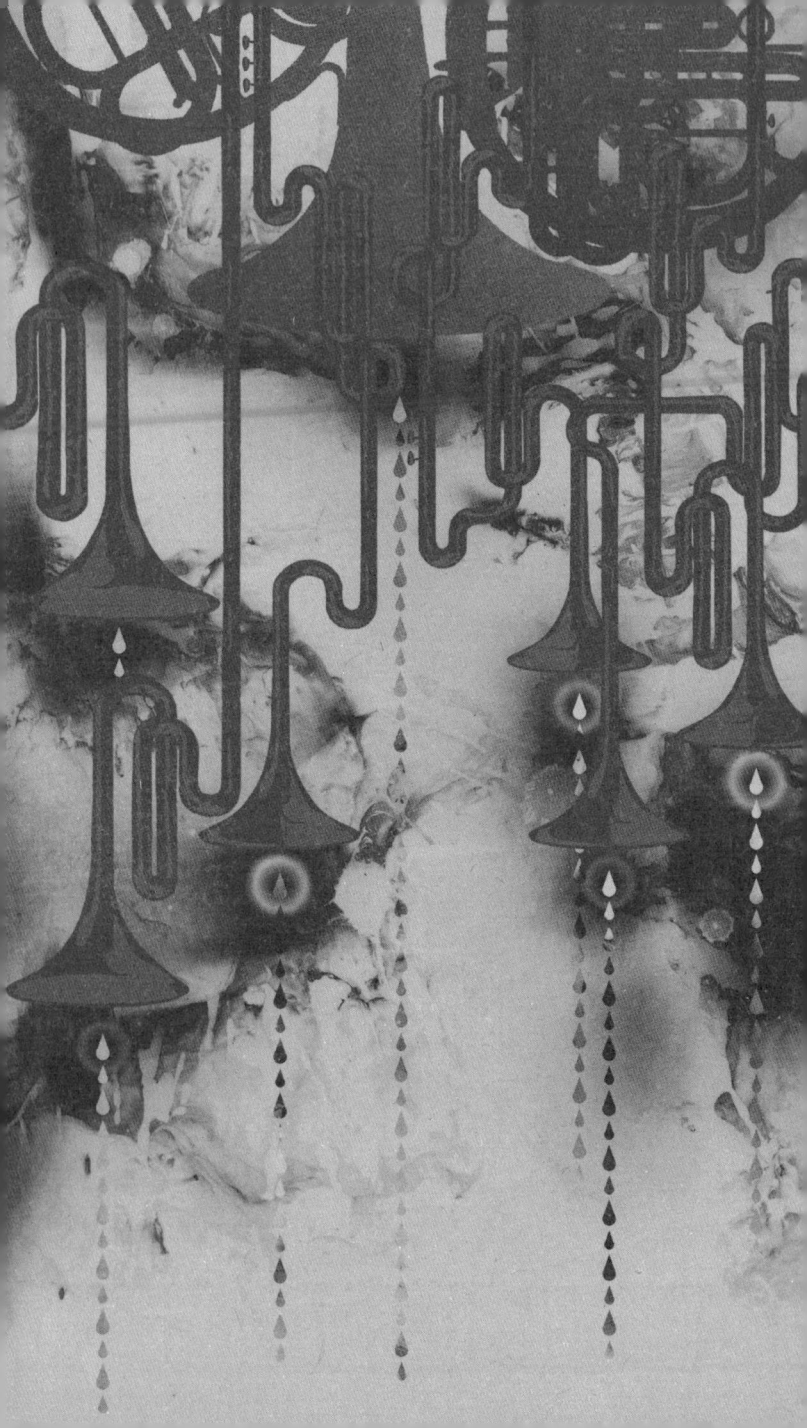

아쓰시　후타도 그게 좋아서 빵 회사 들어갔대?

나쓰　그렇대. 거기 말고도 몇 군데 붙었는데,

아쓰시　(말을 끊으며) 야, 너 괜찮아?

나쓰　뭐가?

아쓰시　따로 할 말이 있는 거 아니야?

나쓰　어?

아쓰시　빵 얘기만 자꾸 하잖아.

나쓰　내가 뭘.

아쓰시, 나쓰가 앉은 테이블에 커피를 놓고, 앉는다.

아쓰시　너 옛날부터 후타한테 마음 있었지?

나쓰　내가 왜?

아쓰시　보면 알아. 우리가 한두 해 봤냐?

나쓰　난 그런 얘기 한 적도 없는데.

하고, 고개를 숙이고, 비스코티를 집어, 깨문다.
오도독, 오도독하는 소리가 울린다.
나쓰, 커피를 호로록 마시고 둘러보며,

나쓰　여긴 꼭 수영장 바닥 같아.

아쓰시　수영장 바닥?

나쓰　우리 수영장.

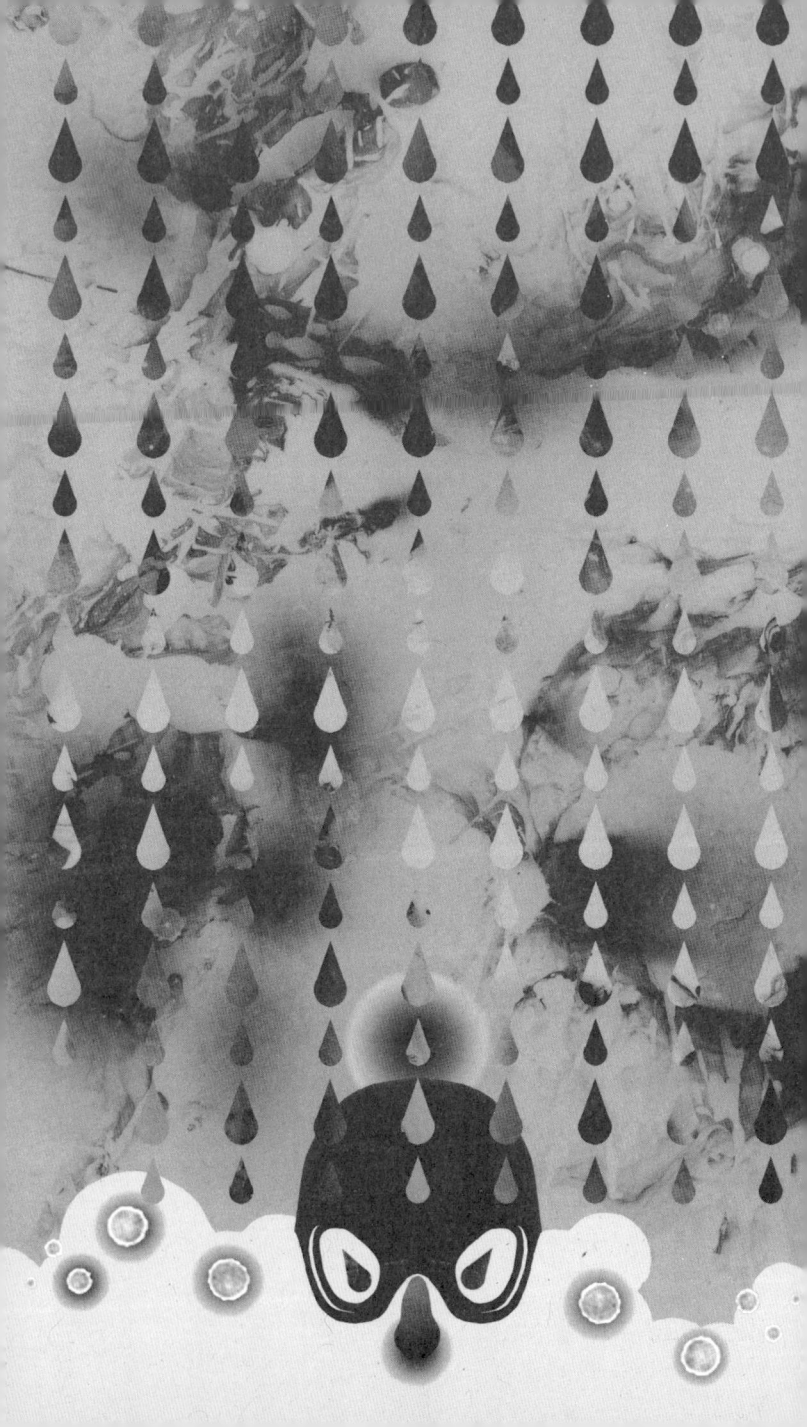

아쓰시   응.

나쓰   신기해.

아쓰시   뭐가?

나쓰   그 시절에, 그런 시골 학교에 그만한 수영장이
                있었다는 게.

아쓰시   아….

나쓰   25미터짜리 코스가 여섯 개나 있고. 스타트 대
                도 있고.

아쓰시   초등학교, 중학교 공용이긴 했어도.

나쓰   여름방학엔 진짜 매일 수영했잖아.

아쓰시   넌 후타 따라온 거잖아.

나쓰   어렸을 땐, 집도 가까웠고.

아쓰시   수영부도 후타 따라 들어온 거야?

나쓰   좋아했으니까.

아쓰시   응.

나쓰   아니, 수영 말이야.

아쓰시   아아.

나쓰   어쩌다 그냥 들어간 거야.

아쓰시   난 중학교 때까지 하고, 후타는 고등학교 때까
                지 하고 그만뒀는데, 넌.

나쓰   내가 원래 중간에 그만두는 걸 잘 못 해. 대학
                가서도 별생각 없이 계속한 거야. 기록도 안 나
                오는데.

아쓰시	요새도 해?
나쓰	바빠서 못 해.
아쓰시	학년 부주임이랬나?
나쓰	올해는 1학년. 담임도 하고.
아쓰시	다음은 주임, 그다음은 교감?
나쓰	아니야, 교감은 아니야.
아쓰시	왜?
나쓰	관심 없어.
아쓰시	왜?
나쓰	문병 다니면서, 생각을 좀 해봤거든.
아쓰시	사키에?
나쓰	응.
아쓰시	무슨 생각?
나쓰	남은 시간에 대해.
아쓰시	아아.
나쓰	바쁘게 살다보면 진짜로 금방 할머니가 될 테니까.
아쓰시	맞아.
나쓰	몸을 움직여야지 싶어. 운동도 하고 싶고. 못됐지, 나?
아쓰시	왜?
나쓰	사키에 옆에서, 점점 말라가는 애 보면서, 그런 생각 했어.

아쓰시 아….

나쓰 얼굴이 바뀌더라고. 나중엔 뼈랑 가죽만 남았어. 죽기 전날, 걔 남편이 문자를 보냈어. 딱히 연락할 데가 없더래. 얼른 뛰어갔더니, 이미 말도 못 하는 상태더라고. 그런데 "와주셔서 좋은가봐요" 그러는 거야. 목소리 듣고 나 온 거 아는 거 같대. 난 암만 봐도 표정이 그대로던데. 걔 남편은 옆에 앉아서 계속 사키에 뺨이랑 머리를 만져줬어. 사키에가 말은 못 하는데, 남편한테 너무, 할 말이 있는 것처럼 보였어. 그 다음 날, 문자 받았어. 죽었다고. 그게 바로 그저께야.

물소리.

나쓰 아쓰시.

아쓰시 왜?

나쓰 너, 와줄 거야?

아쓰시 어딜?

나쓰 문병.

아쓰시 누구 문병?

나쓰 나.

아쓰시 너?

나쓰   응.

아쓰시   너?

나쓰   응.

아쓰시   어디 안 좋아?

나쓰   아니, 만약에 안 좋아지면.

아쓰시   만약에?

나쓰   만약에 내가 큰 병 걸리면.

아쓰시   뭐야.

나쓰   왜?

아쓰시   놀랬잖아.

나쓰   왜?

아쓰시   아니.

나쓰   나 걱정해줄 거야?

아쓰시   당연하지.

나쓰   그럼 문병 와줄 거지?

아쓰시   살아 있으면.

나쓰   뭐?

아쓰시   그때까지 내가 살아 있으면.

나쓰   왜, 어디 안 좋아, 너?

아쓰시   음.

나쓰   뭐야, 병원 가봤어?

아쓰시   아니야, 그런 거.

나쓰   아쓰시.

아쓰시	왜?
나쓰	병원 꼭 다녀.
아쓰시	왜?
나쓰	다니라면 다녀.
아쓰시	그런 거 아니라니깐.
나쓰	거짓말 말고.
아쓰시	거짓말 아니야.
나쓰	정말 어디 아픈 거 아니지?
아쓰시	아니야, 그런 거.
나쓰	아유, 바보 똥개야. 말 좀 똑바로 해.
아쓰시	뭐가 또.
나쓰	아쓰시.
아쓰시	왜?
나쓰	아쓰시.
아쓰시	왜에?
나쓰	죽지 마.
아쓰시	어?
나쓰	죽지 말고 살아 있으라고. 나보다 먼저 죽지 말라고.
아쓰시	모르는 거지, 그건.
나쓰	약속해.
아쓰시	약속은 못 하지.
나쓰	약속해. 나중에 깨도 되니까. 일단 약속은 해줘.

아쓰시　너 무슨 일 있어?

나쓰　어?

아쓰시　갑자기 왜 그래?

나쓰　무서워서 그래. 무서웠어, 아까.

아쓰시　뭐가?

나쓰　무서워서 견딜 수가 없었어

아쓰시　뭐가아?

나쓰　나 혼자 남을까봐.

아쓰시　아….

물소리.

나쓰　너는?

아쓰시　어?

나쓰　안 무서워?

아쓰시　뭐가?

나쓰　(카운터 안쪽을 가리키며) 거기 있는 거.

아쓰시　어?

나쓰　앞으로도 계속 혼자 있다가.

아쓰시　아….

나쓰　혼자 죽는 거.

아쓰시　응.

나쓰　안 무서워?

아쓰시   응. 난.

나쓰   넌?

아쓰시   기다려주는 사람이 있거든.

나쓰   (조금 힘이 빠진 듯) 그래?

아쓰시   응.

나쓰   (힘없이) 그 사람, 어디 있는데?

아쓰시   저세상.

나쓰   뭐?

아쓰시   날 기다리고 있어.

나쓰   누가?

아쓰시   누나.

나쓰   어?

아쓰시   우리 누나.

나쓰   너, 누나 있었어?

아쓰시   응.

나쓰   저세상에?

아쓰시   좀 전에 네가 그랬잖아.

나쓰   응?

아쓰시   우리 동네에 그런 수영장이 있었던 게 신기하
          다고.

나쓰   응.

아쓰시   수영장 생기기 전에는 다들 강에서 수영했대.

나쓰   아아, 들은 적 있어.

아쓰시	그 얘긴 못 들었어? 물에 빠져 죽은 애가 있었
	단 얘기.
나쓰	어? 언제 얘기야?
아쓰시	우리가 세 살 때.
나쓰	못 들었어. 누가 물에 빠졌어?
아쓰시	우리 누나. 물에 빠져 죽었어, 강에서.
나쓰	어머.
아쓰시	난 너무 어려서. 기억이 잘 안 나.
나쓰	그런 일이 있었어?
아쓰시	응.
아쓰시	누나 일 있고, 마을에서 수영장을 만들자고 한
	거래.
나쓰	몰랐어.
아쓰시	나쓰.

아쓰시, 나쓰 쪽으로 의자를 붙인다.

아쓰시	가지 마.
나쓰	어?
아쓰시	아무 데도 가지 마.

물소리.

아쓰시 우리 집에 사람들이 많이 왔었어. 아마 장례식 기억이겠지? 바로 전까지 있었던 누나가 이제는 없대. 저녁이 돼도 밤이 깊어도 오질 않아. 엄마는 매일 울고. 엄마한테 누나 얘기하면 안 된다는 건 알겠더라고. 난 계속 기다렸어. 다음 날도 그다음 날도. 누나가 어디에 있는 줄은 알았어. 강 밑바닥.

나쓰 어?

천천히 조명이 어두워진다.
물소리, 뚝, 뚝.

아쓰시 누나. 내가 괜히 따라간 거지? 나도 끼워달라고, 울면서 쫓아갔잖아. 누난 친구랑 놀고 싶은 거였는데. 나 못 따라오게 잠깐 숨으려고 강에 들어간 거지?

뚝, 뚝. 뚝, 뚝. 강물 흐르는 소리.

아쓰시 엄마가 절대 가지 말랬는데, 나 초등학생 때 몰래 그 강에 들어간 적이 있어. 얕아 보였는데 갑자기 깊어지더라.

나쓰 아쓰시, 아쓰시.

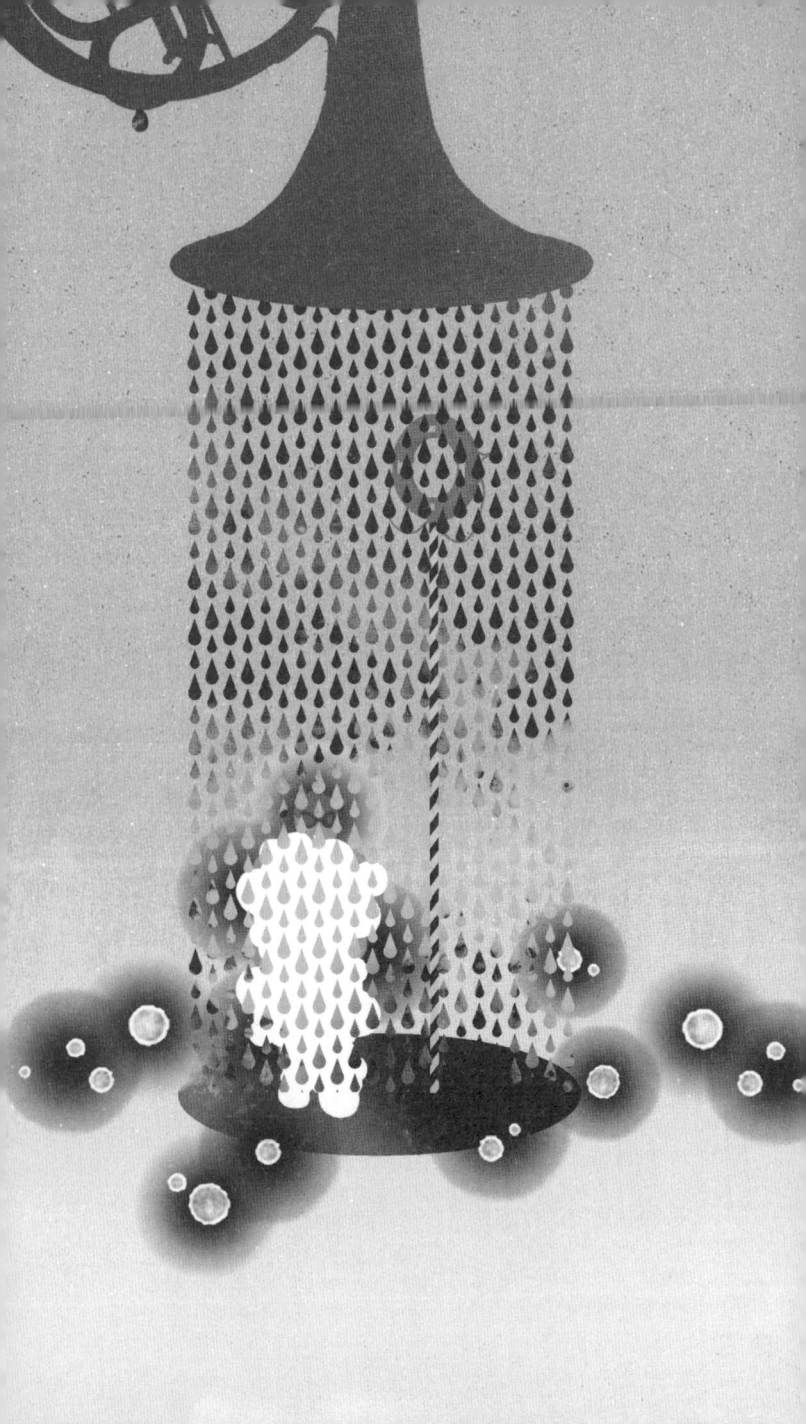

물소리, 커진다. 잠시 후, 점점 작아진다. 가게 안도 점점
밝아진다.

나쓰	아쓰시.
아쓰시	어? 아….
나쓰	너 왜 그래?
아쓰시	아니, 음, 너 그거 알아?
나쓰	뭐?
아쓰시	수영장에 머리가 완전히 잠길 때까지 들어가서
나쓰	응.
아쓰시	눈 뜨고 수면을 올려다보면
나쓰	응.
아쓰시	사람 얼굴 같은 게 수면에서 흔들려.
나쓰	그게 뭐야? 귀신이야?
아쓰시	너한텐 그렇겠네.
나쓰	어?
아쓰시	누나.
나쓰	아쓰시.
아쓰시	거기에 누나가 있다고, 그렇게 믿었었어, 어렸을 땐.
나쓰	아….
아쓰시	그런데, 어느 날, 깨달았지.
나쓰	어.

아쓰시 내 얼굴이더라고, 그건.

나쓰 아쓰시.

아쓰시 내 얼굴이 비쳐서 흔들리는 거더라고. 넌 그거
본 적 없어?

나쓰 없어. 그런데 잠깐, 아까 "너한텐 그렇겠네"는
무슨 의미야…?

나쓰, 비스코티를 깨문다. 오도독, 오도독하는 소리. 커
피를 마신다.

아쓰시 아주 비슷했어.

나쓰 뭐가?

아쓰시 사키에가, 기록 불러주는 목소리가 또랑또랑했
잖아.

나쓰 그게 뭐랑 비슷했는데?

아쓰시 우리 누나.

나쓰 목소리는 기억나?

아쓰시 어렴풋이.

나쓰 어떤 목소린데?

아쓰시 물이 흐르는 것 같은.

물소리, 똑똑똑, 한다.

아쓰시 사키에는, 물소리가 좋댔어. 수영장 소리. 걔 강가 살았잖아. 엄마 배 속에서 들은 소리 같댔어.

나쓰 아… 난 수영할 땐 물소리가 하나도 안 들리던데.

아쓰시 그래서 사키에는 선수 안 하고, 매니저 한 거야.

나쓰 아….

물소리, 길게.
나쓰가 비스코티를 깨무는 소리가 그것을 방해한다. 오도독, 오도독.

아쓰시 후타, 후타 걔는 참.

나쓰 어?

아쓰시 사키에도 그래.

나쓰 아쓰시.

아쓰시 왜? 왜 후타야. 사키에도 참.

나쓰 아쓰시.

아쓰시 그때 사키에, 겨우 중학생이었는데. 나쓰.

나쓰 어?

아쓰시 너 아무리 중간에 못 그만둬도 정도가 있어야지, 후타 어디가 좋아? 응?

나쓰가 비스코티를 깨무는 소리. 오도독, 오도독.

아쓰시　　그 가벼운 놈, 어디가 좋냐고?

나쓰가 비스코티를 깨무는 소리. 오도독, 오도독.
나쓰, 멱살이라도 잡을 것처럼, 단숨에 아쓰시에게 다가
간다.
두 사람 모두, 소리치는 것이 아니라, 억누른 목소리로.

나쓰　　　너도 똑같잖아.
아쓰시　　어?
나쓰　　　너도 못 하잖아, 중간에 그만두는 거. 너도, 사
　　　　　　키에 계속 못 잊었잖아.
아쓰시　　나쓰.
나쓰　　　너 후타가 부러웠지?
아쓰시　　갑자기 뭐라는 거야.
나쓰　　　나도 알거든.
아쓰시　　뭘?
나쓰　　　중학교 때 네가 사키에 좋아했던 거. 어른 돼서
　　　　　　겨우 꿈을 이뤘나본데, 어쨌든 보기 좋게 차인
　　　　　　거 아니야? 이렇게 사키에네 집 근처에 가게나
　　　　　　내고. 찌질해. 자기랑 똑같이 생긴 자기 딸 앞
　　　　　　에 나설 용기도 없는 주제에.

아쓰시   그만해.

나쓰   이 수영장 바닥 같은 데 숨어서, 사키에랑 미오, 계속 기다릴 작정이었어? 누나한테 가는 날까지?

아쓰시   야.

나쓰   안 와. 가만 기다리고 있으면 미오가 올 것 같아? 사키에는 네 누나가 아니야. 이 세상 사람도 아니야. 세상에 없는 사람이야. 기다려도 안 와. 사키에도, 네 누나도.

아쓰시   그만해. 나는 그냥, (혼잣말처럼) 용서가 안 된단 말이야, 누나를 그렇게 만든 내가.

하고, 얼굴을 돌린다.

나쓰   그래서 널 가둔 거야? 이 수영장 바닥에?

하며, 아쓰시 앞으로 다가가, 얼굴을 들이민다.
아쓰시, 다시 얼굴을 돌린다.

아쓰시   누나를 못 지켰어. 그래서, 사키에랑 미오는 지켜주고 싶었단 말이야.

물소리.

나쓰는, 아쓰시가 아니라 마치 스스로에게 말하는 것처럼,

나쓰　　수영장 바닥에 잠겨서 누굴 지킨다는 거야?

하고, 아쓰시에게서 멀어진다.
비스코티를 깨무는 소리. 오도독, 오도독.

나쓰　　(갑자기 울먹이는 소리) 나한테도, 그렇게 지
　　　　켜주겠단 사람이 있으면 얼마나 좋을까.
아쓰시　(놀라서) 나쓰.
나쓰　　옛날부터 부러웠어. 나는 사키에가 부러워.

오도독, 오도독하는 소리가 울려 퍼진다. 오도독, 오도독.
나쓰의 핸드폰이 울린다. 가방에서 핸드폰을 꺼내고, 손
바닥으로 얼른 눈물을 닦는다.

나쓰　　네, 여보세요.

고등학교다. 학교로 돌아오라는 연락이다.

나쓰　　네, 그래요? 알겠습니다. 그럼, 학교에서 뵙겠
　　　　습니다. 네.

전화를 끊는다.

아쓰시   학교?

나쓰   응.

아쓰시   이 늦은 시간에 불러내?

나쓰   회의가 아직 안 끝났나봐.

핸드폰을 가방에 넣고, 가방을 들고 일어선다.

아쓰시   가려고?

나쓰   응.

나쓰, 물을 꿀꺽꿀꺽 다 마시고, 계단을 올라가려 한다.
그러나 도중에 발이 멈춘다. 등을 보인 채로,

나쓰   아쓰시.

아쓰시   어?

나쓰   가지 마.

아쓰시   어?

나쓰   가지 마.

하고, 돌아서서.

나쓰　　한 번만 더 그렇게 말해 봐.

아쓰시　아….

나쓰　　나한테, 해보라고.

나쓰, 뛰어 내려가, 아쓰시를 흔든다.

나쓰　　가지 마.

아쓰시　응.

나쓰　　가지 마.

아쓰시　가지 마.

나쓰　　사키에가 아니야, 난.

아쓰시　응.

나쓰　　네 누나도 아니야. 나는 나야.

아쓰시　알아.

나쓰, 아쓰시에게 안긴다.

아쓰시　나쓰.

나쓰　　응.

아쓰시, 나쓰에게서 몸을 떼고, 양팔로 나쓰를 흔들며,

아쓰시　난 후타가 아니야.

나쓰   알아. 알았으니까.

아쓰시   응.

나쓰   지금 네 앞에 있는 나한테 말해.

아쓰시   가지 마. 나쓰. (강하게) 가지 마.

두 사람, 서로 안는다.

아쓰시   (강하게) 자고 내일 가.

무대, 천천히 어두워진다.

끝.

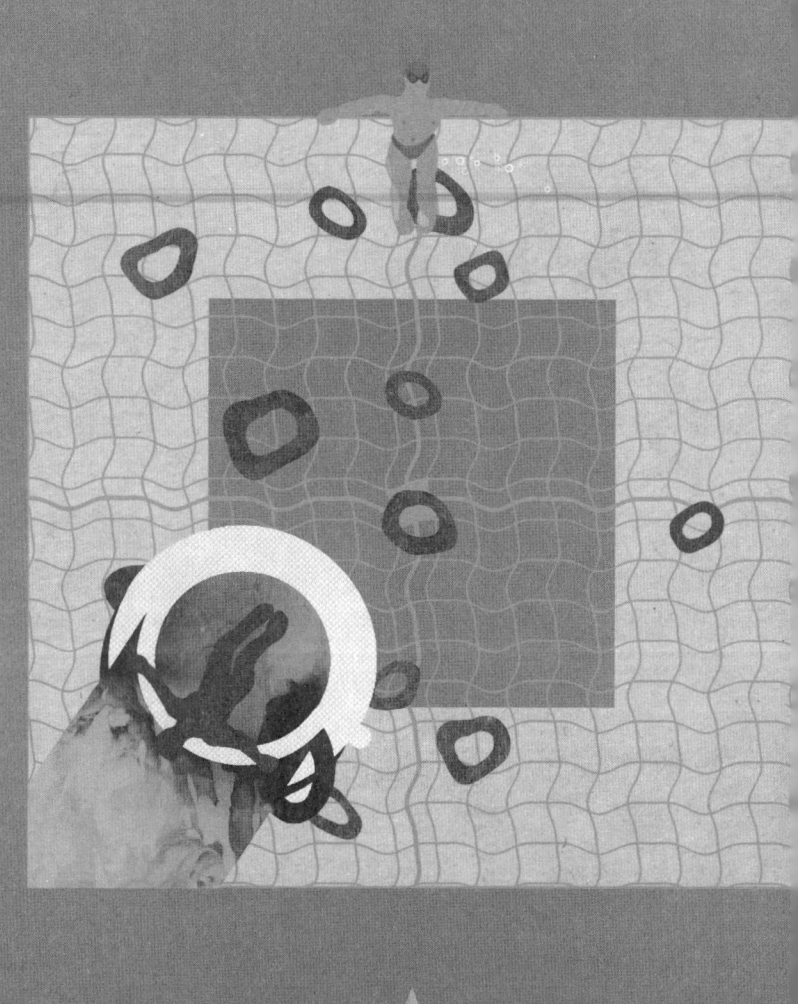

물의 소리

1판 1쇄 찍음 2025년 8월 13일
1판 1쇄 펴냄 2025년 8월 29일

지은이 나가이 히데미
옮긴이 이홍이
펴낸이 안지미
CD S. Nyhavn
그린이 이도희

펴낸곳 (주)알마
출판등록 2006년 6월 22일 제2013-000266호
주소 04056 서울시 마포구 신촌로4길 5-13, 3층
전화 02.324.3800 판매 02.324.3232 편집
전송 02.324.1144

전자우편 alma@almabook.by-works.com
페이스북 /almabooks
트위터 @alma_books
인스타그램 @alma_books

ISBN 979-11-5992-450-7 04800
ISBN 979-11-5992-244-2 (세트)

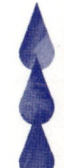

알마출판사는 다양한 장르간 협업을 통해 실험적이고 아름다운 책을 펴냅니다.
삶과 세계의 통로, 책book으로 구석구석nook을 잇겠습니다.

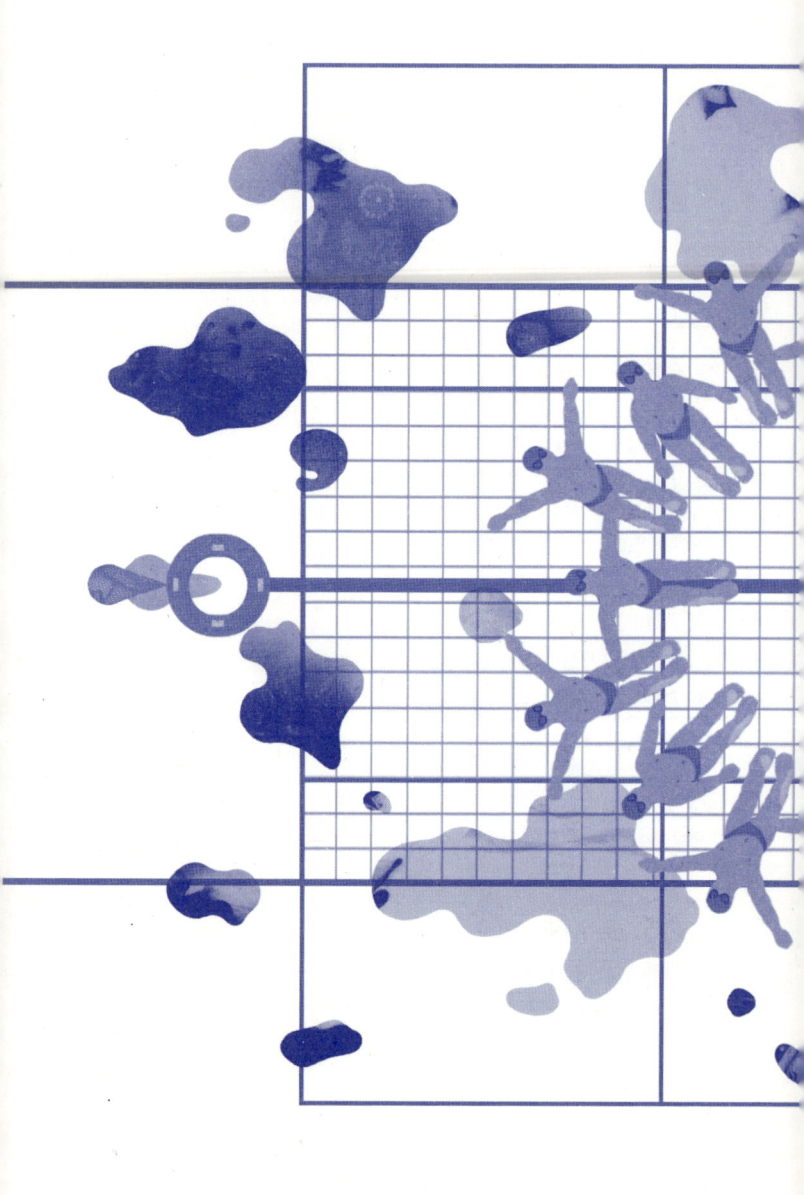

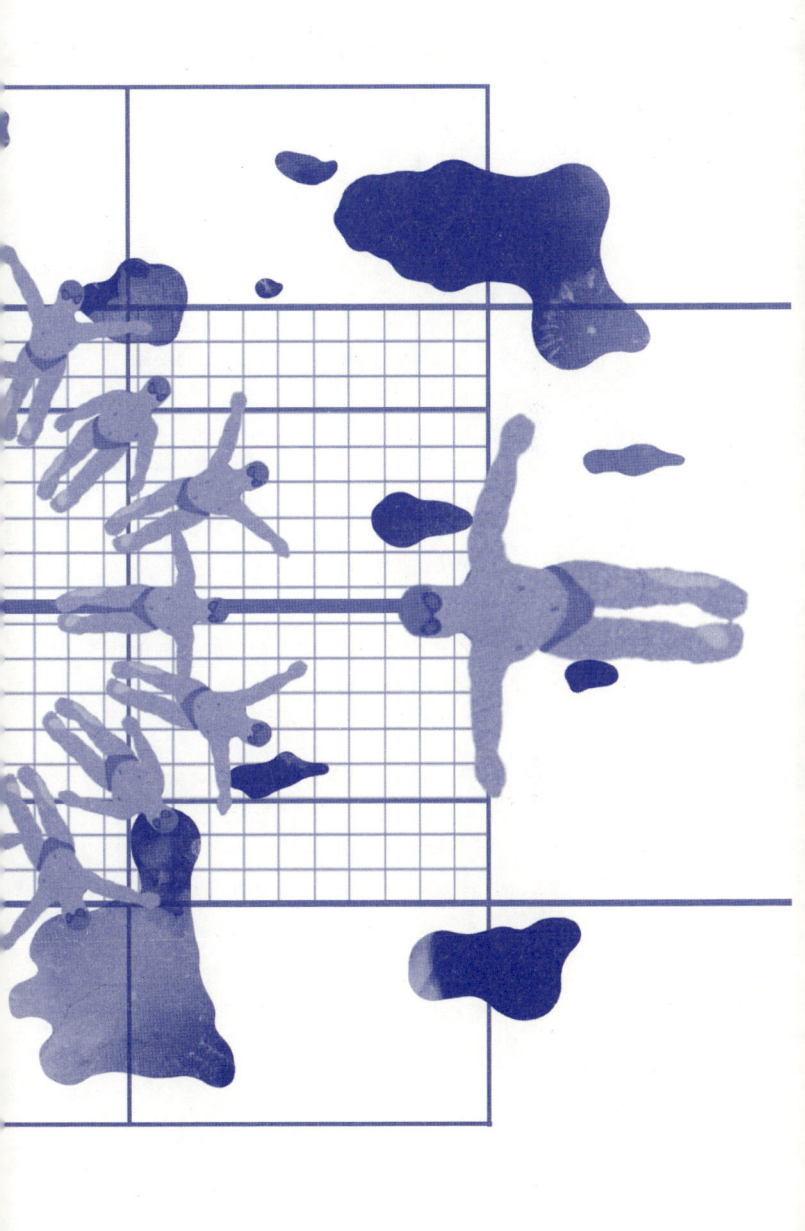